야자 가로수 이야기

야자 가로수 이야기

초판 1쇄 발행 2023년 11월 8일

지은이 박윤선
펴낸이 장길수
펴낸곳 지식과감성#
출판등록 제2012-000081호

교정 이주연
디자인 정윤솔
편집 김초롱
검수 김지원, 이현
마케팅 김윤길

주소 서울시 금천구 벚꽃로298 대륭포스트타워6차 1212호
전화 070-4651-3730~4
팩스 070-4325-7006
이메일 ksbookup@naver.com
홈페이지 www.knsbookup.com

ISBN 979-11-392-1405-5(03810)
값 14,000원

- 이 책의 판권은 지은이에게 있습니다.
- 이 책 내용의 전부 또는 일부를 재사용하려면 반드시 지은이의 서면 동의를 받아야 합니다.
- 잘못된 책은 구입하신 곳에서 바꾸어 드립니다.
- 본 도서는 화성시, 화성시문화재단의 '2023 화성예술활동지원' 사업으로 출판되었습니다.

야자 가로수 이야기

박윤선 소설집

목차

사랑스러운 / 7

기침 / 29

야자 가로수 이야기 / 51

터치맨 / 77

손 / 103

파수(把守) / 127

상승 기류 속으로 / 149

작가의 말 / 173

사랑스러운

열차 안은 적요했다. 드물게 앉은 승객들마저 휴대폰을 들여다보거나 졸고 있었다. 오후 네 시, 순옥은 구리에 있는 음식점까지 장미 바구니를 전하고 오는 길이었다. 오전에는 정발산역까지 배달을 다녀왔는데, 삼천오백 원짜리 김밥 한 줄로 점심을 때우자마자 숨도 돌리지 못하고 길을 나선 거였다. 구리역에선 버스를 갈아타고 두 정류장을 가서도 한참을 더 오르막길을 걸었다.

그런 이유로 익숙한 문자 알림음이 빨간 등산 점퍼 주머니 속에서 울렸을 때, 순옥은 내려앉은 눈꺼풀을 들기가 죽기보다 싫었다. 까무룩 잠에 취해 보려 했으나, 주문일지도 모른다는 기대가 의식을 놓아주지 않았다. 월세 날까지는 닷새만을 남겨 두고 있었다. 내일 배달이 한 건도 들어오지 않는다면, 다음 날도, 그다음 날도……. 순옥은 겨우 눈을 떠 휴대폰을 꺼내 들었다.

화장은 잘 끝냈습니다. 안치를 확인하러 와 주셔야겠는데요.

순옥은 허탈함에 맥이 탁 풀렸다. 그럼 그렇지, 조 사장 같은 인사가 하루에 세 번씩이나 주문을 몰아줄 턱이 있나. 순옥은 메시지를 보낸 담당자가 기대를 무너뜨린 양 원망스럽기까지 했다. 화장한 고인을 확인하라는 건 또 뭔가. 봉안당 측에서야 돈을 쓴 고객에게 완수한 일을 보여 주려는 심산이겠지만, 사람에 따라서는 번거롭기만 한 일일 수도 있었다. 늘 말썽을 부리던 오른 무릎이 욱신거리기 시작했다. 무릎을 주무르기 위해 순옥이 허리를 굽혔을 때였다. 불룩한 아랫배 위에 흩어져 있는 보풀 같은 무리가 눈에 들어왔다. 장미 바구니의 가장자리를 장식하고 있던 안개꽃이었다. 손끝을 세워 툭툭 털었다. 줄기도 없이 떨어져 나온 꽃들은 니트 올 사이에 얽히듯 박혀 좀체 떨어지지 않았다.

"못 살아…."

아름답기만 한 줄 알았던 꽃이 거추장스러운 존재일 수도 있다고 생각한 건 배달 일을 시작하고 얼마 지나지 않아서였다. 사람들은 발렌타인데이나 화이트 데이, 생일이나 개업일에 꽃을 보냈다. 문제는, 꽃이라는 특성상 포장지의 형태나 이중으로 담은 용기까지 온전히 전달되어야 하는 거였다. 통념상 마음을 대변하는 상품이라 그런 듯했다. 납품업체들은 택배 회사를 통해 보낸 꽃이 손상되는 일이 종종 발생하자 수신자의 손에 직접 전달하는 시스템을 원했다. 마침 시 당국이 노인 일자리에 신경을 쓰는 때였고, 퀵서비스 대행업체들이 지원금을 노려 뛰어들었다.

처음 배달을 나갔을 때 순옥은 딸이 마트 캐셔 급여를 받아 선물한 흰 니트 셔츠를 입었다. 고객을 대면하는 일이라 깔끔한 차림새가 중요하다고 강조한 조 사장의 교육 때문이었다. '러블리 플라워'가 프린트된 남색 야구 모자를 눌러쓴 뒤, 지하철에 올랐다. 배운 대로 곧장 노인우대석으로 가 앉았다. 꽃바구니를 조심스레 무릎에 놓고 목적지부터 확인했다. 밀려드는 승객들로 당황해 바구니를 당기려 시도한 게 화근이었다. 손을 내민 순간, 바구니 중간에 자리한 카라를 잠깐 스쳤고 그 때문에 꽃대가 살짝 휜 것을 보았지만 눈에 띌 정도는 아니라 생각했다. 현관문을 열고 나온 여자는 별말 없이 바구니를 받아들었다.

순옥이 사무실로 돌아왔을 때, 조 사장은 기다렸다는 듯 고함을 질러 댔다. 그새 납품업체 후기에는 두 장의 사진과 열두 줄의 글이 올라와 있었는데 꽃마다의 상태를 설명한 내용과 더불어 '할머니가 배달해서 불편했다'라는 언급도 포함되어 있었다.

그날 밤으로 돌아온 순옥은 셔츠에 생긴 얼룩을 발견했다. 노란 꽃가루 물이 든 흰 니트 셔츠는 이틀간 가루 세제를 푼 물에 불렸다 문질러 보아도 지워지지 않았다.

연락을 받은 건 열흘 전 이른 아침, 배달 주문을 받고 외출 준비를 하고 있을 때였다. 감고 있던 머리를 한 손으로 부여잡은 순옥이 울리고 있는 휴대폰의 발신자부터 확인했다. 031? 저장된 번호도 아니었다. 하지만 사무실을 통하지 않고 주문하는 경우가 간혹 있었기 때문에 순옥은 지체하지 않고 전화를 받았다. 휴대폰 속의 목소리는 대뜸 낯선 이름을 댔다. 누구요?

"김정수 씨요오, 김정수 씨. 아시는 분 아니에요?"

뭔…. 바로 통화를 끊으려는데 상대방이 급한 투로 말을 이었다.

"수원시에 사는 할아버진데, 모르세요?"

수원과 할아버지. 낯선 두 단어가 익숙한 조합으로 떠오르기까지는 오랜 시간이 걸리지 않았다. 순옥은 욕실에 서서 맞닥뜨린 상황을 이해해 보려 애썼다. 방 안을 비추고 있는 쪽창을 올려다본 다음, 미안하지만 십 분 후에 다시 전화를 걸어 달라고 부탁했다.

순옥이 국립 의료원 정문 앞에 도착한 건 그로부터 세 시간이 지나서였다. '안내'가 프린트된 조끼를 입은 노인이 다가왔고 지하 2층에 자리한 영안실 위치를 알려 주었다. 어찌 된 일인지 승강기가 보이지 않아 가까이 위치한 중앙 계단으로 향했다. 순옥은 한 팔로 난간을 의지하며 왼 다리를 내딛고 오른 다리를 끌어당기며 내려갔다. 계단을 올라오는 검은 한복 차림의 여자들과 마주쳤을 때, 순옥은 생각 없이 빨간 등산 점퍼를 입고 온 걸 후회했다. 그러나 곧, 장례가 아니니, 그리고 평소 고인이 좋아하던 옷이니 괜찮겠지, 싶었다. 그러곤 그 사람이 아닐 수도 있지 않을까, 생각했다. 수원에 사는 노인이 한두 명도 아니고……. 아는 사람의 아는 사람 식으로 번호가 저장되었을 수도 있었다.

네다섯 평으로 보이는 영안실엔 반사된 형광등 빛이 가득했다. 서랍장 같은 금속 냉동고가 한 벽을 채우고도 모자라 다른 벽까지 이어져 있었다. 순옥은 눈이 부셔 배어 나온 눈물을 손으로 누르다 그 행동이 자칫 힘겹게 슬픔을 참고 있는 유족처럼 보일까 봐 민망한 마음이 들었다. 검안의가 무표정한 얼굴로 금속 서랍 앞에 섰다. 차트를 확인하고 냉동고의 가장 아래 손잡이를 당겼다. 순옥은 머뭇거리며 스테인리스 선반 위를 쳐다보았다. 강한 조명에 시야가 흐려서일까. 앞에 누워 있는 주검이 낯익은 사람인지 판단할 수 없었다. 눈을 감고 있는 얼굴을 보고 있자니 선뜩한 이질감마저 느껴졌다. 검안의는 익숙하다는 듯 재촉했다.

"잘 모르시겠으면 가까이 와 보세요."

순옥은 망설이다 두어 걸음 다가선 다음 몸을 숙였다. 김의 비뚤어진 콧대와 왼쪽 볼의 반점을 확인하고 나서야 고개를 끄덕였다. 검안의가 구석으로 걸어갔다. 냉동고 옆 바닥에 놓여 있던 비닐 꾸러미를 들어 탁자 위에 쏟았다. 무릎이 나온 청바지와 색 바랜 조끼가 뒤집힌 비닐 안에서 떨어졌다. 금테 안경과 통장이 시차를 두고 낙하했는데 펼쳐진 통장의 마지막 칸엔 십칠만 이천이 찍혀 있었다.

연락한 사람이라고 제 소개를 한 의료원 사무장은 고인의 의료비에 관해 염려할 필요가 없다고 말했다. 기초 생활 수급자라 나라에 신청하면 될 일이라고, 장례비 지원도 가능하니 웬만하면 의료원에 딸린 장례식장을 이용하라고 권했다. 순옥이 가족을 묻자 그는 고개만 설레설레 저었다. 휴대폰 연락처에는 열댓 개의 번호가 저장되어 있었는데 순옥도 알고 있는 중국집과 주민 센터, 주민복지 담당자와 나머지 모르는 이름들 사이에 순옥의 번호를 단 '최 여사'가 껴 있었다. 연락처 가장 윗줄에는 생각지 못했던 '금희'가 저장되어 있었다.

뇌출혈이었답니다. 탁자 위에 놓인 돋보기를 순옥 쪽으로 밀어주며 사무장이 말했다. 길에서 의식 없이 쓰러져 있는 걸 지나가던 행인이 신고한 경우였다. 의료원에 들어온 지 닷새 만에 김은 사망했다.

"가족이 아니시니까 하는 말이지만."

사무장은 블록처럼 나뉜 통에서 검은색 펜을 뽑아 들었다. 그러곤 한쪽에 쌓여 있는 서류와 함께 순옥 앞으로 내밀었다.

"길에서 쓰러진 게 다행일 수도 있는 거고……. 요즘 독거노인들 일 난 줄도 모르는 경우가 허다해서 말입니다. 그런데 이 할아버지는 무슨 감출 일이 있다고 폰에 잠금장치를 걸어 놓아서, 연락처를 알아내느라 애먹었습니다."

순서대로 전화를 걸어 보았지만 아예 불통이거나 잘 모르는 사이라며 끊어 버렸다는 거였다.

"화장하실 거지요?"

고인의 주소지가 수원이라 다행이라고 그는 덧붙였다. 시립 봉안당에 저렴한 비용으로 안치할 수 있으니 얼마나 운이 좋으냐고, 새로 생긴 추모 공원이라 시설도 좋다면서. 순옥은 장례건 화장이건 자신이 결정을 내려야 하는 상황이 부담스러웠다. 단지 확인이 필요하다 해서 온 것뿐인데…. 잠시 고민한 순옥은 장례를 생략하겠다고 말했다. 사무장은 그래도… 했다가 알았습니다, 하고 말했다. 발인은 다음 날 아침으로 정했고 화장 절차도 알아서 해 달라고 부탁했다. 사무장은 난감해하다 어딘가로 전화를 걸었다. 실랑이를 벌이는 듯했지만 몇 번의 "사정 좀 봐주쇼"와 "기초 수급자라 그렇다."라는 말로 해결을 보았다. 그렇게 일을 끝내 놓고도 순옥의 눈치를 보던 사무장이 헛기침을 흠, 뱉었다.

"가족이 아닌 분에게 이런 말 하긴 그렇지만."

그의 시선이 순옥을 지나 창밖으로 넘어갔다.

"유골함 구입비와 안치료는 지원이 되지 않아서요."

장식이 없는 가장 저렴한 유골함이어도 십오만 원, 안치료는 십 년을 잡아 삼십만 원은 필요하다고 덧붙였다. 사십오만 원이면 순옥이 기거하는 반지하방의 월세를 넘어서는 액수였다. '보라 헤어'에서 들개 털같이 풀린 머리를 여덟 번은 말 수 있는 금액. 순옥은 무연히 김의 휴대폰을 바라보다 건물에 출금기가 있는지를 물었다. 지폐를 받아 든 사무장이 현금 영수증을 끊어 주겠다고 했으나 그녀는 고개를 저었다.

소파에 앉아 서류를 적어 나가던 순옥이 멈칫했다. 맞은편 자리에서 줄곧 지켜보고 있던 사무장이 나지막하게 귀띔했다.

"작성자가 가족이어야 원활하게 진행됩니다."

순옥은 고개를 주억거리고 천천히 따라 읽으며 지면의 관계란을 채워 나갔다. 배, 우…자…….

[서울구로경찰서]실종자를 찾습니다-오영자(여76)빨간등산점퍼/검정바지/주소적힌팔찌 차고있음/마지막목격지 신도림역

오전에만 벌써 두 번째 뜨는 재난 안전 문자였다. 먼저 올라온 82세 노인을 찾았다는 소식은 아직 없었다. 신도림역은 순옥도 잘 아는 지하철역이었다. 통행로에서 멀어 사람들이 붐비지 않는 화장실과 자리가 편한 벤치를 눈 감고도 찾아갈 수 있었다. 순옥은 구로 경찰서에 전화를 걸어 환승역 부근을 찾아보라고 말할지 고민했다. 지하철 방향이 헷갈려 길을 헤매던 시기, 정신을 차려 보면 낯선 환승역에 도착해 있었다. 종로 3가, 고속버스 터미널, 사당역……. 모두 그런 과정을 거쳐 익숙해진 역들이었다. 실종자도 순식간에 사람들을 따라 지하철을 탔을 거였다. 승객들이 많이 내리는 어느 환승역에 도착해 어찌할 바를 모르고 있을지도, 아니면 신도림역에서 1호선을 타고 남쪽으로 갔으려나. 그쪽은 수원으로 가는 방향인데……. 수원과 할아버지, 스테인리스 서랍…. 금속 침대 위에 누워 있던 김의 얼굴이 되살아났다. 혹시 그 양반도 집으로 돌아가는 길을 불시에 잊어 거리를 헤맨 건가…. 순옥은 마지막으로

김을 만났던 날을 기억하고 있었다. 넉 달 전이었고, 살은 좀 빠져 보였으나 행동과 말에 어눌함이라곤 없었다. 뇌출혈이라니, 이해하기 힘들었다. 순옥이 따라 준 식혜를 마시며 길목을 파헤친 보도공사가 끝나지 않았다고 툴툴대는 모습이 여전했는데. 순옥의 손을 잡아 바지 안에 넣는 것부터 관계를 시작하는 방식 또한 다르지 않았다. 못해도 두 달에 한 번은 찾아오는 양반이 좀 뜸하다 싶었지만 십만 원은 모아야 기별하는 걸 알기에 사정이 여의치 않구나, 생각하고 말았다. 그냥 연락해 볼 걸 그랬지……. 저도 모르게 중얼거린 순옥이 화들짝 놀라 주위를 두리번거렸다. 승객들이 별 신경을 쓰지 않는다는 걸 깨닫곤 안도의 숨을 쉬었다. 순옥은 다급한 일이라도 생긴 것처럼 휴대폰을 끄집어냈다.

이름과 날짜, 주소를 기억하지 못한다.
공격적인 행동을 보인다.
하루에도 몇 번씩 기분이 바뀐다.

전부 치매 증상으로 검색한 내용들이었다. 순옥은, '누군가 곁에 있는 것처럼 대화를 나눈다'에서 한동안 눈을 떼지 못했으나 곧 세차게 고개를 저었다. 이것이 모두 김의 휴대폰에서 본 이름 때문이리라. 그런 결론에 생각이 미치자 순옥은 헛웃음이 나왔다. 금희라니… 금희라니, 이 양반아. 그것도 떡하니 맨 처음에. 거듭 생각해 보아도 어이가 없었다. 소용도 없는 전화번호를 여태…. 구제불능 노친네 같으니라고.

김은 순옥과의 관계 중에 뜬금없는 것들을 요구하곤 했다. 소리를 좀 크게 내보라던가, 검정 팬티를 사서 입어 보라던가. 그런 김을 대할 때마다 순옥은 목구멍으로 올라오는 찜찜함을 내려놓을 수 없었는데 이윽고 금희가 즐겨 바르던 화장품까지 건네받자 참지 못하고 따져 물었다. 얼굴이 벌겋게 오른 김은 금희와 아무 상관없다며 손을 내저었다. 하지만 순옥이 그동안 쌓인 정황들을 조목조목 늘어놓자 머리만 긁적였다. 흥분이 가라앉은 후, 순옥이 물었다. 금희가 뭐가 그리 좋더냐고. 헛기침만 연신 뱉던 김이 대답했다.
　"좋긴 뭘…. 사람 따라 다른 게지…."
　당황해 천장으로 향하던 그의 눈이 벽에 걸린 순옥의 배달 모자에 가 꽂혔다.
　"아아, 그렇지. 그 사람은 말하자면 그, 러블리하지!"
　순옥도 알고 있었다. 금희는 어느 곳에서나 사람들의 관심을 끈다는 걸.
　아이러니하게도 순옥이 김을 만난 것도 금희 덕이랄 수 있었다. 삼 년 전, 배달 일을 마치고 지하철역으로 내려가던 순옥은 같은 배달소에서 일하는 금희와 우연히 마주쳤다. 금희는 백발에 마른 체구를 가진 남자에 기대어 걷고 있었는데, 혼자인 금희의 처지를 아는 터라 의아했지만 눈치껏 모른 척했다. 그런데 금희가 먼저 손을 들어 알은체를 해 왔다. 금희의 시선을 좇은 노인이 순옥을 보았고 발끝부터 머리까지를 훑었다. 순옥은 홧홧해진 얼굴을 숙이고 역사 안으로 들어가 버렸다.

사무실에서 만난 금희는 묻기도 전에 '우리 김 선생님' 자랑부터 꺼냈다. '어찌나 내게 정성을 들이시는지'를 하나하나 열거했다. 순옥은 거리낌 없는 그녀의 행사가 남우세스러우면서도 지하도에서 마주친 날 받았다는 닥스 스카프에서 눈을 떼지 못했다.

금희는 배달이 없을 때도 사무실에 나와 시간을 보냈다. 커피를 타 먹으며 SNS에서 소개하는 명품을 탐색하고 유튜브에 나오는 맛집을 검색하며 수다를 떨었다. 어느 날은 순옥에게 사회생활에 필수적인 자세가 무엇인지 아냐고 물었다.

"형님, 인생은 서비스업이야. 인간관계도 기브, 앤, 테이크. 생각해 봐, 형님. 나랑 형님 사이에, 남자랑 여자 사이에, 뭐가 중요할까? 답은! 서비스 실력! 내 서비스 실력이 좋다? 얻는 것도 많다!"

SNS 팔로워가 무려 육만인 관계 전문 강사가 그렇게 말했다며 강조했다.

배달을 나간 금희는 종종 한나절이 지나도 돌아오지 않았다. 다음 날이면 사무실로 나오는 대신 검색해 둔 장소에서 찍은 사진을 SNS에 업로드했다. 사진 아래에는 '이모가 내 롤 모델'이라던가, '멋진 인생을 사는 분 같아 부럽다' 따위의 댓글이 끊임없이 붙었다. 배달을 다녀오던 동료가 카페 안에 있는 금희를 목격한 적도 있었는데 늙수그레한 남자 둘과 노닥거리고 있더라며 혀를 차기도 했다. 순옥도 사무실로 돌아오다 보게 된 장면이 있었다. 굳은 표정으로 서 있는 '김 선생님' 앞에 샐쭉하게 입을 내민 금희의 모습. 두 사람은 순옥을 발견하자 민망해하며 몸을 숨겼다.

신도림역에 혼자 있는 김을 불러 세운 건 순전히 금희의 안부가 궁금해서였다. 김은 입맛만 다실 뿐 별 답을 하지 못했다. 그 표정이 침통해 보이기도 했고, 심정을 알 것도 같아서 순옥은 그의 소맷자락을 끌어 자판기 옆 벤치에 앉혔다.

먼저 침묵을 깬 사람은 김이었다. 우리 최 여사는, 사는 게 좀 어떻습니까? 평범한 김의 인사가 어찌 된 일인지 순옥의 가슴에 물결을 일으켰다. 당연하다는 듯 엮는 수작질이 빤히 보였지만 아주 꽤씸하게 생각되지는 않았다. 우리 집, 우리 딸, 우리 가족…. 그 '우리'에 포함되었던 시간이 너무 오래전이라는 생각이 든 탓이었다. 가르쳐 준 적 없는 내 성은 어떻게 아는 걸까. 금희에게서 들은 걸까? 괜히 가슴이 두근거렸.

김은 폐지도 줍고 비상시 지원하는 택배 일도 하며 생계를 해결하고 있었다. 매달 나오는 기초 연금까지 합치면 그럭저럭 살 만하다는 말이었다. 대화는 순옥의 일상으로 넘어갔다. 그날 아침 된장찌개를 끓여 먹은 이야기는 금세 채권자들한테 악다구니를 당했던 십 년 전 사연으로 바뀌었다. 모든 일의 수습은 남겨진 자의 몫이라는 듯 홀연히 사라진 남편. 은퇴 후, 담보 대출까지 받아 친구의 IT 사업에 투자했던 남편의 부도는 온전히 순옥과 딸에게 떠넘겨졌다. 지인들은 실종된 남편의 생사를 걱정했지만 순옥은 현실을 회피한 그의 비겁함에 분노했다. 가족이 흩어지는 건 순식간이었고 순옥은 반지하 월세방에서 홀로 환갑을 맞았다. 대학도 포기하고 서른 넘어 아르바이트하는 딸 이야기에 이르자 순옥은 배낭 속에서 휴지를 꺼내 눈물을 찍어 냈다. 김은 때때로 저런, 하이고, 같은 추임새를 넣으며 그녀의 이야기를 들어 주었다. 응급실로 실려 갔던 과거에 이르자 마른 소가죽 같은 김의 손이 순옥의 손을 감쌌다.

처음 김이 순옥의 방에 찾아온 날, 그의 손에는 참치 선물 세트가 들려 있었다. 두 번째는 마트에서 사 온 삼백 그램짜리 미국산 쇠고기 두 팩이었다. 함께 밤을 보낸 날 아침, TV 위에 놓인 오만 원권 지폐를 발견한 순옥은 모욕감을 느꼈다. 그러나 다음 순간, 고개를 들어 본 거울에서 닳아 간당간당해진 브래지어 어깨끈을 발견하곤 돈을 챙겨 넣었다.

순옥은 되도록 김의 요구에 맞추려 노력했다. 음부가 젖지 않아 삽입이 힘들어졌을 땐 '보라 헤어'에 부탁해 구매한 일본산 크림으로 해결했다. 가끔은 반지하방에 들어서는 김을 붙잡곤 머리에 피도 안 마른 젊은 고객 놈이 어떤 말로 자신을 질타했는지를 늘어놓는 것이었다. 하소연 끝에 몸을 맡기는 날이면 순옥은 잊어버린 듯 돈을 받지 않았다.

"가족도 아니고, 불알친구라도 되시나, 무슨 발인을 지킨다고……."

못 들은 척 정수기로 다가간 순옥이 녹차 티백이 담긴 종이컵에 뜨거운 물을 받았다.

"일 있다고 빼먹고… 무릎 아프다고 빼먹고…….."

귀퉁이마다 해진 소파에 엉덩이를 걸치며 내뱉는 조 사장을 향해 순옥은 억지웃음을 지어 보였다.

조 사장은 최근 꽃 배달 서비스를 접을 거라는 말을 공공연히 하고 다녔다. 지원금이고 뭐고 꽃을 선물하는 일 자체가 줄어 타산이 맞지 않는다는 이유 때문이었다. 그나마 기념일에 하는 꽃 선물마저 이벤트 회사에 맡기는 세태로 바뀌어 가고 있었다. 지난 몇 달간 순옥이 올린 매출도 심각했다. 열 건도 채우지 못하는 달이 갈수록 늘었다. 새삼스레 사십오 만원이 순옥의 눈앞에서 날았다. 그 정도 돈을 모으려면 얼마나 더 많은 수의 배달을 다녀야 하나. 하루에 세 번 배달을 뛰면 메울 수 있을까. 하루 세 번씩… 주문받을 수는 있나. 그렇게 계산을 하던 중 순옥은 깨달은 바가 있어, 아! 하고 소리를 질렀다. 오늘 날짜가…… 유월 십사 일, 그렇다면 음력으로 오월 십오 일인가? 그새 정신이 나갔던 모양이라고 순옥은 생각했다. 며칠 전까지도 잊지 않겠다 다짐했건만. 재빨리 휴대폰을 꺼내어 '딸'을 눌렀다. 포기하지 않고 기다렸지만 신호는 연결되지 않고 끊겼다. 멀거니 액정을 바라보던 순옥이 화면을 전환해 문자를 찍기 시작했다.

딸. 생일. 축하한다. 엄마가. 미역국이라도. 끓여 줘야. 하는. 건데. 일은. 어떠냐. 아침은. 먹었고?

불현듯 제대로 읽지 않고 꺼 버리는 딸의 모습이 머리에 스쳤다. 딸은 마트 매니저가 좋아하지 않는다며 전화를 받지 않는 일이 많았다. 순옥은 끝에서부터 한 자씩 문자를 지워 갔다.

딸. 생일. 축하해. 파이팅.

그리고 꼼꼼히 뒤져 꽃다발 이모티콘을 찾아내 문자 아래에 삽입했다. 메시지를 전송한 순옥이 화면에 떠 있는 주소록을 찬찬히 살폈다. 딸의 휴대폰 번호와 정지된 남편의 번호가 가장 먼저였다. 연락이 닿지 않는 친구들, 배달 동료, 화원 전화번호와 사무실. 김의 전화번호도 세 번째 칸에 여전히 저장되어 있었다. 순옥은 김의 번호를 삭제했다. 잠시 생각하고 난 후, 설정에 들어가 잠금장치를 해제했다.

"최 여사님, 혹시 정 여사님 소식 좀 모르시나?"

조 사장이 인스턴트커피 포장지로 종이컵 안을 휘저으며 순옥을 쳐다보았다. 그가 금희의 부재를 아쉬워하고 있다는 걸 순옥도 간파하고 있었다. 대거리를 퍼붓는 조 사장 앞에서 벌 받듯 두 손을 모으고 있던 금희. 조 사장은 연거푸 윽박지르면서도 여사라는 호칭만은 꼬박꼬박 붙였다. 정 여사님, 요즘 정신머리가 왜 그래? 도대체 몇 번을 까먹는 거야. 어?

꽃 배달을 낭만적인 소일거리쯤으로 여기고 일을 시작한 노인들 중엔 고객들에게서 받는 푸대접에 충격을 받는 일이 적지 않았다.

반말은 다반사고 꽃 상태가 좋지 않다는 이유로 재활용한 게 아니냐며 의심받는 일도 있었다. 수임료도 포기한 채 달아났다 돌아온 노인들은 불만을 늘어놓지도, 사장의 처사에 따지지도 않았다. 조 사장은 그런 노인들을 존중한다는 명목으로 '여사님'이나 '어르신'을 성에다 붙여 불렀다. 하지만 일에 있어 실수가 이어지면 여지없이 막말이었다.

"모르는데."

순옥은 이미 비운 컵에 입을 대고 녹차를 마시는 척했다. 조 사장뿐만이 아니었다. 금희의 행방을 아는 사람은 아무도 없었다. 배달 사무소에서 금희는 태양처럼 빛나는 존재였으므로 그녀의 행방불명은 꽤 오랜 기간 화제였다. 돈 많은 노인의 후처로 들어앉았다거나 고향에 내려가 해장국집을 차렸다는 소문까지 돌았다. 어쨌건 그 소문의 이면에는 염렵하게 이득을 챙겨 온 금희가 제법 튼실한 터전을 찾아갔으리라는 지레짐작이 깔려 있었다. 하지만 순옥을 비롯한 몇몇 동료들은 전혀 다른 이유 때문이란 걸 이미 눈치채고 있었다.

배달지의 방향이 같아 금희와 함께 지하철을 탔던 날이었다. 반대편 승강장을 눈여겨보던 금희가 별안간 까르르 웃더니 큰 소리로 벽면 영상에 뜬 활자를 읽어 내려갔다. 활발한 데다 워낙 자신을 드러내길 좋아하는 금희인지라 순옥은 그러려니 했다. 그러나, "청소년은 우리의 미래입니다."라고 글을 읽은 금희가 또다시, "청소

사랑스러운 23

년은 우리의 미래입니다"를 소리 내어 읽자 의아한 생각이 들었고, 세 번째, "청소년은 우리의 미래입니다"가 반복되자 무언가 잘못되었다는 걸 알아차렸다. 급기야 열차에 타고 있던 승객들이 수군거리기 시작했다. 팔을 잡으며 말렸으나 금희는 더 크게 같은 문장을 되풀이해 읽었다. 당황한 순옥은 금희의 입을 틀어막았다. 그녀의 입 안에서 흘러나온 침이 손바닥 안에 모여 축축했다.

금희는 자신이 한 행동을 기억하지 못했다. 만 구천 원이던 금희의 수임료는 만 이천 원으로 내려갔다. 그것마저 선불로 받아 갔다는 조 사장 말에 고개만 갸웃거릴 뿐 별말을 하지 못했다. 몇 달 후, 허리 수술 때문이라는 전언만 남긴 채 금희는 사라졌다. 통화를 시도해 보았지만 존재하지 않는 번호라는 음성만 들릴 뿐이었다.

조 사장은 빈 종이컵을 쓰레기통에 던져 넣은 뒤 출입문 옆 게시판 쪽으로 다가갔다. 배달을 독려하기 위해 직원별 배달 날짜와 횟수를 기록해 놓은 게시판이었다. 보드 마카를 집어 든 조 사장이 다섯 번째 칸에 길게 선을 그었다. 금희의 이름과 배달 횟수가 빨간색 줄 아래 자취를 감추었다. 여백이 다 채워지기도 전에 순옥의 휴대폰에서 알림이 울렸다. 추모 공원 담당자가 다시 보내온 문자였다.

오늘 안으로 꼭 안치를 확인해 주세요.

순옥이 길 찾기를 열어 사무실부터 추모 공원까지 가장 빠른 경로를 검색했다. 무려 한 시간 오십팔 분이나 소요되는 거리였다.

산등성이 아래엔 각기 다른 형태의 건물 세 채가 서 있었다. 4층 건물을 중심으로 오른편엔 3층 건물이, 왼편은 곡선의 단층 건물이었다. 입구에는 '축! 신축 봉안당 착공!'이라 쓰인 현수막이 어린 가로수 사이에서 방문객을 맞았다. 중간 마루에는 수목장 부지가 파릇했고 뒤편에는 자연장 자리로 예정된 장소가 그럴듯한 모습을 갖추는 중이었다. 산허리를 들어내고 앉은 봉안당 뒤편에는 잘 말린 미역 줄기 같은 녹음이 어우러져 있었다.

관리 사무실을 혼자 지키고 있던 직원은 순옥의 출현이 반갑지 않은 눈치였다. 일곱 시가 되면 출입문을 닫아야 한다고 못을 박았다. 봉안당 안으로 들어서자 관리 사무실로 연결된 복도를 따라 안치실이 줄지어 있었다. 각 입구에는 새의 이름을 딴 현판이 부착되어 있었는데 망자의 혼이 날아가는 존재라는 고정관념에 맞춰 선택한 듯했다. 직원은 동호수를 찾는 택배 회사 직원처럼 황새관, 팔, 다시, 십육을 되뇌며 순옥을 이끌었다. 앞서 걷는 직원의 모습이 어쩐지 소름 끼쳐 순옥은 다리를 잡아끌며 걸었다. 궁륭 모양의 입구 안으로 들어서자 잘 정돈된 서가 같은 안치동이 나타났다. 바닥에는 흰 국화와 백합 다발, 검은 리본이 장식된 바구니가 경쟁하듯 나열해 있었다. 대부분 하루 이틀밖에 지나지 않은 듯 생생했지만 반쯤 말라비틀어진 꽃들도 심심찮게 보였다. 김의 유골함은 손자 손녀까지 동반한 대가족 사진 옆 칸에 자리하고 있었다.

"운이 좋으셨네요."

한쪽 다리에 체중을 실은 자세로 직원이 말했다.

"여기는 좋은 자리에 들기가 하늘에 별 따긴데."

순옥은 검지로 바닥에서부터 짚어 오르며 김의 위치를 확인했다. 5층. 부러움을 살 만한 자리라고 직원이 부연했다. 순옥은 죽어서 좋은 자리에 낙찰되었다는 말이 생소했지만 땅 아래 사는 자신의 처지와 빗대어 보니 납득할 만했다. 시간이 길어질 것 같았는지 직원은 복도 끝 출구를 알려 주고 왔던 길을 돌아갔다.

순옥은 무엇부터 해야 할지 알 수 없어 난감했다. 기도할까. 아니면 묵념이라도? 절을 하려고 보니 김과 같은 줄에 나란한 생면부지의 유골함들이 거슬렸다. 별수 없이 눈앞에 자리한 백자 유골함만 하릴없이 바라보았다. 김, 정⋯⋯수⋯⋯. 부고를 접하고 나서야 알게 된 김의 이름. 김정수에게서 받았던 사만 원, 오만 원이 온전히 그의 안락처로 귀속된 셈이었다. 하얀 사기 유골함에 도드라진 검은 숫자가 눈에 들어왔다. 김이 사망한 날이 틀림없으리라. 순옥은 휴대폰을 열어 날짜를 확인했다. 유골함의 날짜는 보름 전이었고 오늘은⋯, 그러고 보니 딸의 생일이었다. 보낸 문자를 읽었다면 벌써 답문이 와야 했건만. 거기까지 생각이 닿자 순옥의 가슴이 요동치기 시작했다. 가만있자, 얘 생일이 음력으로 오월 십오 일이 맞는 건가? 혹시 남편의 생일을 헷갈렸나? 오늘은, 오늘은 무슨 요일인가⋯. 쿵, 쿵쿵. 심장이 귀 언저리까지 올라와 붙은 것 같았다. 생각해 내리라. 어제 일도, 그제도, 최근의 모든 일들을. 순옥은 마지막으로 김과 만났던 날을 되짚었다. 하지만 벙긋거리던 김의 입 모양만 어른거릴 뿐 어떤 말을 했는지 떠오르는 게 없었다. 각질이 일어난 그의 잔등을 손톱으로 긁어 준 기억만 뚜렷했다.

황새관 바닥에 모여 있던 조각 빛이 달아나듯 사라졌다. 끼이익, 끽. 복도 끝에서부터 반복적으로 여닫는 문소리가 들려왔다. 조급하고, 신경질적인 독촉이었다. 순옥은 밖으로 나가기 위해 서둘러 황새관을 벗어났다. 복도 끝에 다다라, 마지막 안치실 쪽으로 무심히 고개를 돌렸을 때였다.

저물어 가는 빛 아래, 안치동 하나가 순옥의 눈길을 잡았다. 비어 있는 칸의 유리 차단막에 붉은색과 핑크색 꽃송이가 달려 있기 때문이었다. 순옥은 의아해하며 그쪽으로 발길을 옮겼다. 직원은 분명 안치단 자리가 선착순으로 배정된다 했는데…. 그렇다면 누가, 빈 안치단에 꽃을 달아 놓은 것일까. 임의로 맡은 자리일까. 순옥은 안치단까지 남은 수를 눈대중으로 세었다. 일주일이 걸릴 수도 있었고 한 달이 걸릴 수도 있었다.

가까이 다가갈수록 꽃의 실체가 드러났다. 장미와 작약과 엉겅퀴가 친친 감고 있는 조화(造花) 리스. 글루건과 반짝이 가루가 범벅된 꽃송이들이 나선으로 돌아 오르며 갈라졌다 합체했다. 라탄 줄기에 붙은 플라스틱 비즈 장식은 조악했고 붉은 벨벳의 꽃잎은 천박했다. 형태만 유지할 뿐 생기가 없는 나뭇잎엔 먼지가 가득했다.

순옥은 평소 완벽하게 싱싱한 꽃만 익숙했다. 들판과 화분에 핀 그대로인 듯 보이는 생화. 사람들은 배달하는 꽃에 기분 좋은 눈길을 보냈지만 순옥은 잘린 꽃줄기의 밑을 볼 때마다 위선을 목도하는 느낌이 들었다. 살아 있는 아름다움이기 때문에 씨방을 맺는 대신, 자연스럽게 소멸하는 대신, 강제로 사람의 손에 마감되는 게 아닐까 해서.

순옥은 조심스럽게 손을 들어 핑크색 조화 꽃잎을 쓰다듬어 보았다. 버석거렸지만 꽤 튼튼해 보였다. 가만히 살펴보니 샛노란 수술이, 꽃봉오리가, 생화와 구분하기 힘들 정도로 세밀했다. 만들어진 꽃은 언젠가 본 적 있는 러블리한 매력이 가득했다.

마침내 몸을 돌린 순옥이 안치실에서 나와 봉안당의 출입문을 열었다. 맞은편 산봉우리에는 실낱같은 아치로 남은 태양이 고고했다. 빨간 등산 점퍼 주머니에 손을 넣은 순옥이 휴지 뭉치를 꺼냈다. 석양빛에 눈이 부셔 고인 눈물을 꼼꼼히 닦아 내었다.

기침

오후 한때 흐림.

기상 예보 앱에 뜬 알림을 아내의 눈앞에 들이밀었다. 날씨 예보 맞는 거 봤어? 노란 도트 무늬 비옷을 배낭 안에 넣으며 아내가 일갈했다. 그녀의 말이 맞았다. 시동 걸 때만 해도 청량하던 하늘은 서울을 벗어나는 톨게이트를 통과하자 먹빛으로 앉았다. 잔비가 흩날리자 바람도 따라붙었다. 차체에 부딪치는 빗소리와 바람 소리는 시간이 지날수록 광포해졌다.

오전에 나섰으면 도착하고도 남았을 길, 아내는 일찍 출발하자는 말에 손사래부터 쳤다. 기압이 낮은 이른 아침에 움직이다 아이가 발작이라도 하면 어쩌냐는 거였다. 하지만 아내의 우려와는 달리, 뒷좌석에 자리한 아이는 가끔 뒤척거리기만 할 뿐, 출발할 때부터 내내 잠에 빠져 있었다. 나는 룸 미러를 통해 아이의 상태를 살피며 승용차의 속도를 일정하게 유지했다.

"분명 넣은 것 같은데…."

아내는 무릎 담요처럼 덮고 있는 베이지색 캔버스 가방에다 머리를 집어넣다시피 한 자세로 중얼거렸다. 몇 년째 아내는 그럴듯한 핸드백을 가지고 다니지 못했다. 수납이 넉넉하고 무게가 가벼워 아이의 옷 두어 벌은 물론 소형 전기밥솥만 한 약물 흡입기 정도는 너끈히 담을 수 있는 가방을 선호했다. 나는 아내가 일으키는 소리에 신경이 쓰였지만 조용히 하라는 말을 하지 못했다. 괜한 시비를 일으켜 말다툼하기 싫었으니까.

"뭘 찾고 있는데?"

순전히 도움을 주고자 하는 의도처럼 보이길 바라며 물었다.

"싱귤레어."

"싱귤레어? 아, 하얀 알약, 그거? 그건 왜?"

왜냐니? 아무 말도 없이 쳐다보는 아내의 표정은 그런 의미를 담고 있었다. 왜냐니? 익숙했던 거리감이 단번에 멀어졌고, 아내는 누구에겐지 모를 말을 우물거렸다. 어제 미리 챙겼어야 했는데.

"울산에 제일 큰 병원이 어디지?"

질문을 하면서 아내의 손가락은 휴대폰 액정 화면 위를 달리고 있었다. 응급 사태에 대비해 미리 병원을 알아 두려는 속셈이었다.

"병원은 무슨, 오버하지 마."

경험상, 인내심은 상대적이다. 오랜 시간 알고 지낸 상대라면 그만큼 능란한 인내심을 가질 수 있다. 다만 상대적 기준이란 것도 때에 따라, 컨디션에 따라 들쭉날쭉하다는 것이 문제였다. 오늘 내 인내심의 한계는 크지 않았다. 어째서 오버라는 단어가 입에서 튀어나왔는지는 알 수 없지만 '괜찮을 거야'나 '신경 쓰지 말라'는 말도 마찬가지였을 터. 최근 야근이 잦아 피곤이 쌓인 이유 때문인지, 아니면 급변한 날씨 탓일지도 몰랐다. 나는 잠시나마 긴장을 놓아버린 내 부주의를 자책하고 날아올 화살을 기다렸다. 그런데, 조용하다. 무사히 넘어간 건가? 한숨이 나왔을 때, 아내가 다시 입을 열었다.

"나, 저번에 의학 강좌 다녀온 얘기 했었나."

"글쎄."

"캐나다에서 십 년을 근무한 의사래. 천식 전문 병원이었다는데 현지에서도 알아줬다나 봐."

두 시간이나 걸려 다녀와야 하는 강좌를 기어코…. 올해 들어서만 벌써 세 번째 청강. 그 강연이란 게 사실 병원을 홍보하는 수단의 일환이었지만 아내는 그런 비판마저 단호한 논리로 일축했다. 새로운 정보를 알아 두어서 나쁠 게 없다는 주장이었다. 그 논리를 증명하기 위해 예전 강좌에서 얻은 지식으로 거둔 소소한 성과들, 그러니까 갑작스러운 아이의 발작이 일어났을 때 슬기롭게 대처했던 몇몇 사례들을 반복해 늘어놓곤 했다.

"그 의사 말이, 천식은 어떤 종양이 생겼다거나 외부의 균이 침입한 것과는 다르다는 거야."

아내가 이러한 정보를 소개하며 고개를 내 쪽으로 돌리는 건 동조가 필요하다는 뜻이었다.

"인체가 드러내고자 하는 메커니즘, 발현이 정상적이지 않은 것뿐이고, 민감해서든 두려워서든 그것을 상쇄하고자 일으키는 증상이라는 거지."

나는 그 말이 알레르기를 설명하는 일반적인 논지와 무엇이 다른지 묻고 싶었다.

"기침은 단지 반응일 뿐이라는 거야."

아하, 그러니까 아내는 단지 기침을 두려워할 필요가 없다는 말을 듣기 위해 한나절이나 걸리는 의학 강좌를 다녀온 것이로구나. 특별하지도 않은 상식에 빠져 이미 취해야 할 계획을 모색해 놓았겠지. 그런 후 바뀐 생활 방식과 치료에 열을 올릴 것이고, 모월 모시에 시작되는 기침 소리에 여지없이 무너질 거였다.

별안간 차체가 흔들린 건 그때였다. 승용차는 지루하게 이어지는 터널을 지나는 중이었는데 생각에 몰입한 내가 도로 중앙의 요철을 잠깐 침범한 거였다. 핸들을 돌려 제자리로 돌아오자마자 나는 뒷좌석으로 고개를 돌렸다. 아이가 조용한 걸 확인하고 조수석 쪽으로 향했다. 아내는 아무 일도 일어나지 않은 것처럼 정면을 바라보고 있었다. 나는 그녀의 오른손에 휴대용 흡입기가 쥐어져 있는 것을 보았지만 모른 척했다.

아내는 아동 심리 상담사가 되고 싶어 했다. 십 대 땐 백남준 작가를 따라 전자 제품을 오브제로 활용하는 아티스트가 꿈이었다. 대학 교양 수업에서 미술 심리학 강의를 접한 다음 목표를 바꾸었다. 소통하지 못하는 현대 미술에 정이 떨어졌고 미술 심리학이 더 인간적으로 느껴진다는 게 그 이유였다.

하지만 뒤늦게 대학원에 진학했던 아내는 첫 학기가 끝나기 전 임신했다는 걸 알았고 석 달 후 나와 결혼식을 올렸다. 꿈을 이루기 위한 과정이 미뤄졌지만 아내는 아동 미술 심리학이라는, 더 구체적인 목표로 발전했다며 만족해했다. 경험을 자양분으로 학문적 깊이를 획득할 수 있지 않겠냐고도 했다. 아이를 낳은 후엔 육아에만 충실했다. 몸을 추스르는 와중에 빠짐없이 모유 수유를 했고 아이와 동행하지 않으면 외출하는 일이 드물었다. 아내는 아파트 내 1층에 자리한 어린이집 앞을 지날 때마다 다니는 아이들의 수를 궁금해했다.

처음, 소아과 의사가 '기침성 중증소아천식'이란 병명을 전해 왔을 때 아내와 나는 당혹스러웠다. 아이의 증상은 기껏 감기 걸린 아이들에게서 흔히 보이는 가벼운 기침이 전부였으므로. 하지만 의사는 본격적인 증세가 곧 시작될 거라 했고 그의 예언은 틀리지 않았다. 아이는 집먼지진드기나 털 알레르기가 원인인 천식과는 다른 양태를 보였다. 유독 날씨에 취약했다. 어둑한 구름이 깔리기라도 하는 날이면 바닥을 긁어 대는 것 같은 기침으로 집 안은 소란스러워졌다. 간신히 기침이 가라앉고 난 다음이면 아이는 내내 잤다. 행여나 안온한 잠을 방해라도 할까 봐 우리 부부는 신경을 곤두세웠다. 아내는 소리를 들을 뿐 아니라 보기도 했으며 감지한 소리를 선별해 감추기도 했다.

 나는 직장에서 밤늦게 퇴근하는 날이 많았다. 고객들은 담당 변호사 대신 사무장인 내게 하소연하거나 저녁을 대접하겠다며 붙잡았다. 이혼 소송 중인 사람들은 무엇보다 내가 결혼했는지를 궁금해했는데 기혼인 것을 알고 나면 자신의 결정에 내 동의를 얻어 내는 일이 소송의 결과만큼이나 중요한 듯 굴었다. 단지 급하고 느긋한 차이라던가, 외향적인 상대를 옳지 않은 사람으로 단정 짓는 상담자일 경우에 나도 모르게 시큰둥한 반응을 보였는데, 그럴 때면 그들은 자신의 마음을 이해해 주지 않는다며 섭섭해했다. 그들은 또 다른 인생이 자신의 미래에 예비되어 있을 것이라고 자신했다. 상대방만 사라진다면, 바뀐다면, 자신의 인생도 달라질 거라 여겼다. 그들의 희망이 이해가 가지 않는 건 아니었다. 더 나은 선택이라고 믿는 마음은 현재를 나아갈 수 있는 용기이기도 하니까.

 대학을 졸업하고 부모님에게서 생활비를 받았던 시절, 나 또한 같은 심정으로 버틸 수 있었다. 그때 나는 고시촌에서 보내는 시간이 쌓이면 자연스럽게 기본값에 도달할 줄 알았다. 처음 목표보다는 못하지만 타협할 수 있는 결과 정도에. 하지만 해를 거듭할수록 탈출하지 못하는 감옥에 스스로 입소한 기분이 들었고 돌이킬 수 없는 선택을 한 것 같아 자괴감에 시달렸다.

그런 이유로 아내가 임신을 알려 왔을 때, 고민하지 않았다. 책임을 강조하며 결혼을 밀어붙였고 책임을 내세우며 대학 선배의 변호사 사무실에 취직했다. 사무장 일은 잔업이 많았다. 아이가 태어났어도 밤늦게 잠든 얼굴만 들여다보기 일쑤였다. 업무가 자정이 넘는 일이 잦아지며 사무실 한쪽에 간이침대를 마련했다. 침대에 누워, 들어 줄 이 없는 허공에 대고 알 수 없는 말을 중얼거리기도 했다. 어떤 땐, 외따로 떨어진 무인도에 혼자 살고 있는 내 모습을 그려 보기도 했다.

차창 밖은 저녁 예닐곱 시인 양 어두웠다. 전조등을 상향으로 바꾸자 두 원형의 빛이 굵은 빗줄기 사이로 퍼져 나갔다. 아내는 휴대폰에 시선을 고정한 채, 검지를 움직이고 있었다. 짧게 깎은 손톱이 지나는 방향에 따라 색색의 어플들이 방황했다. 최근 소송 업무가 겹쳤던 터라 이렇듯 아내와 함께 있는 것은 오랜만이었다. 나는 잠깐씩 눈길을 돌려 아내를 관찰했다. 언제부터였을까. 오목하게 휘어들다 어깨 위로 떨어지는 아내의 목선에는 몇 줄의 가로 주름이 또렷했다. 아이가 천식 판정을 받은 날부터 아내는 머리를 묶고 다녔다. 허리 가까이 자라면 어깨선 정도로 잘라 다시 묶는 식이었다. 화장품은 향료가 없는 제품으로 바꿨고 그마저도 두세 개가 전부였다.

"결혼 날 한번, 기막히게 잡았네."

'잡았네'의 말미가 묘하게 올라간 어투였다.

"굳이 장마 기간에, 다섯 시간 넘는 거리를, 요즘 세상에 사촌이 뭐 가까운 사이라고."

우려했던 대로, 불만을 가장한 불안이 떠돌기 시작했다. 좁고 한정적인 승용차 안에서 동승자와 다른 세상을 누리기란 불가능한 일일 터. 아내의 감정에 휘둘리지 않을 방법을 궁리하는 동안 공격이 계속 이어졌다.

"하여튼 자기밖에 모르지. 자기 일, 자기 생각, 자기 핏줄."

갈퀴로 쓸어내리듯 비바람이 쏟아졌다. 형태를 알 수 없는 나뭇잎은 죽은 생물의 잔해처럼 도로 위를 굴렀다. 북태평양 어디에선가 시작되었을 바람은 낯선 대지를 쓸며 여정을 방해했다.

나는 차량용 내비게이션에 표시된 목적지까지 남은 시간을 확인했다. 족히 서너 시간은 더 달려야 하는 거리. 슬쩍, 중단된 아내의 관심사를 끄집어내 보았다.

"그래서… 치료법이 어쨌다고?"

아내가 흠칫, 꺼내려던 말을 멈췄다.

"뭐 새로운 방법이 있대?"

몇 분 동안, 아내는 말이 없었다. 그러다 한층 누그러진 목소리로 입을 열었다.

"치료의 관건은… 연결 고리를 차단하는 거래. 반응을 일으키는 기저를 인식 못 하게. 요즘 통증 치료도 다들 그런 방식이고. 유사

항원을 일부러 집어넣어 적응시키는 거…. 감각이 좀 무뎌질 수 있다지만, 아파서 괴로운 것보다는 무감각한 게 더 낫지 않겠어?"

그 말인 즉, 힘든 것보다는 근본을 아예 없애는 것이 더 낫다는 말인가? 엄연히 존재하는 신체의 기능을 일부러 죽이다니, 그건 좀 비도덕적인, 아니 비인간적이지 않은가. 문득, 예전에 아내에게서 비슷한 말을 들은 때가 기억났다. 자신의 몸속으로 파고드는 날 지그시 응시하며 뱉은 말…. 난 아무래도 불감증인가 봐. 남들은 느낌이 그렇게 좋다는데. 나는 천천히 하체를 움직이며 아내의 말이 무엇을 뜻하는지 해석하려고 했다. 지금이야말로 본능을 충족시키려 감각을 총동원하는 순간인데, 그런 순간에 이런 말을 하는 의도가 뭘까? 내가 성적으로 만족시켜 주지 못하고 있다는 뜻인가? 아니면… 욕구조차 귀찮다는 의미인가.

재작년이었나, 사무실 비품을 사러 근처 마트에 들렀을 때였다. 특별히 마련한 것으로 보이는 가판대 위에 투명한 플라스틱 함들이 가지런히 배치되어 있었다. 아이들이 넋이 나간 표정으로 내려다보고 있었는데 그 안에는 대여섯 마리의 곤충이 톱밥 위를 기어다니느라 분주했다. 그중, 수컷(아마도) 사슴벌레 한 마리가 사육함 입구까지 올라와 있는 게 유독 눈길을 끌었다. 마트 유니폼을 입은 청년이 내 시선을 좇았고 사육함의 입구를 열어 쥐고 있던 장갑으로 툭, 쳤다. 바닥에 내동댕이쳐진 사슴벌레는 부리나케 다른 벌레를 향해 기어가 꽁무니를 붙여 댔다. 구경하고 있던 아이들이 숨죽여 큭큭거렸다.

나는 가지고 간 비품비로 사슴벌레를 구매했다. 아이 때문에 집으로 가져갈 수는 없어 사무실로 들고 갔다. 곤충을 기르는 사람들이 모인 커뮤니티에 가입해 정보를 얻고 필요한 물품들을 주문했다. 비싼 캐나다산 톱밥을 깔고 유목도 세 개나 넣어 주었다. 일주일 뒤, 플라스틱 사육함 뚜껑을 큰턱으로 들어 올려 탈출하는 현장을 목격했다. 나는 홀로 있는 놈을 위해 인터넷으로 암컷 사슴벌레를 주문했다. 혹시 몰라 사무실에서 키우던 작은 선인장 화분도 사육함 뚜껑 위에 올려 두었다. 사슴벌레는 그 뒤에도 몇 번이나 뚜껑을 탐색하다 더 이상 천장으로 올라오지 않았다.

  다행히 두 사슴벌레는 사이가 좋았다. 먹이를 먹지 않는 시간 대부분 짝짓기할 정도였다. 습성대로라면 한 해에 한 달 정도만 교미 시기였는데. 자연적이지 않은 건 그뿐만이 아니었다. 숱한 짝짓기에도 알을 낳는 일이 없었다. 키우는 입장에선 괜한 수고를 더하지 않아도 좋으니 아쉬워하지 않았다. 사슴벌레들은 식탐도 늘었는데 젤리 한 통을 삽시간에 먹어 치운 다음 또 다른 젤리 통으로 옮겨 가는 식이었다. 나는 두 사슴벌레의 만족스러운 삶을 위해 점점 더 안락한 생존 환경을 제공했다.

  몇 달이 지나자 나는 궁금해졌다. 수컷에게 더 이상 자유에 대한 갈구는 없는 걸까. 프리미엄 젤리 열 통의 비닐을 깠다. 바나나도 얇게 썰어 준비했다. 사육함 곳곳을 먹이로 채운 다음 입구를 활짝 열어 놓고 퇴근했다. 출근하자마자 사육함부터 살폈다. 투명한 플라스틱 함 안에는 젤리를 잔뜩 묻힌 사슴벌레 두 마리가 몸통을 뒤집은 채 죽어 있었다.

 아랫도리가 묵직해져 왔다. 비바람이 치는 승용차 안이어서일 것이다. 비가 내리는 날의 카섹스는 결혼 전 우리 부부가 자주 즐기던 놀이였다. 행인들이 빤히 보이는 골목 어귀에서도 사랑을 나누었던 연인. 도로에는 너울을 타듯 방향을 바꾸는 빗줄기와 우리 승용차를 제외하고 움직이는 것이라고는 없었다. 슬그머니 핸들을 잡고 있던 오른손을 움직였다. 아내의 다리 어딘가에 얹은 뒤 움켜잡았다. 남색 스커트는 허벅지의 양감을 충분히 느낄 수 있을 만큼 얇고 섬세했다. 아내는 순간적으로 몸을 움츠리기는 했지만 피하지는 않았다. 기다렸다는 의미일까. 체력과 시간과 정신적 여유까지 맞아야 시도할 수 있게 된 부부 관계….
 한 손으로 단단히 핸들을 부여잡으며 아내의 팔을 쓰다듬었다. 그녀의 눈꼬리가 느슨해지는 것을 신호로 스커트 자락 아래로 손을 넣었다. 기분 좋을 만큼 살갗이 서늘했다. 나는 기다리지 않고 속옷을 헤친 다음 거웃 속으로 손끝을 들이밀었다. 그런데 별안간, 아내가 가랑이를 오므리며 방어하듯 허리를 접었다. 거칠었던 내 숨소리가 한순간에 가라앉았다.
 "왜 이래?"
 아내는 말없이 내 손목을 끌어내 핸들 위에 올렸다.

"왜, 그날이야?"

검은 하이힐을 신은 발을 향해 시선을 내린 아내가 말했다.

"하여튼, 자기밖에 모르지."

꿈틀, 목 안쪽에서 이물감이 느껴졌다. 도대체 그녀는 무엇 때문에 매번 나만 위한다며 몰아대는 것인가. 그때였다. 별일도 아닌 것처럼 아내가 덧붙였다.

"나, 폐경이래."

갑자기 머릿속에 생소한 '폐'가 굴러 들어왔다. 폐경? 그러니까 폐사나 폐지같이, 이제는 쓸모없다고 명명하는 그 '폐'를 말하나? 아내는 올해 서른여섯이었다. 나는 생리하는 여자의 마음을 알지 못하는 것처럼 생리가 멈춘 여자의 심정도 알 도리가 없었다. 하지만 환갑도 노년 축에 들지 않는다는 요즘 세상이 아닌가. 그런 세상인데 내 아내는 무슨 이유로 삼십 대에 폐경을 맞이했나. 너무 한꺼번에 에너지를 몰아 쓴 탓에 남들보다 빨리 소진되어 버린 것일까.

"잘됐지 뭐. 매달 귀찮기만 했는데."

지금껏 아내는 얼마나 많은 횟수의 이 말을 되뇌었던 걸까. 나는 어느 신문에서 읽었던 기사의 한 부분을 떠올렸다.

"요즘은, 완경이래."

아내에게서 바람 빠지는 소리가 난 것 같았다.

"그래, 완경, 뭐든."

"큰 병원에 안 가 봤어? 너무 일찍 오면 치료해야 한다던데."

침묵에 눌린 공기를 더 이상 견디기 힘들어졌을 때쯤 아내가 입을 열었다.

"가면 뭘 해, 똑같은 얘기지."

"똑같은 얘기?"

"극. 심. 한. 스. 트. 레. 스!"

나는 오른쪽으로 뻗어 있는 레버를 한 단계 내려 와이퍼의 속도를 높였다. 빠르게 돌아눕는 와이퍼를 보며 고민했지만 대응할 말을 찾을 수 없었다.

아내는 구겨진 스커트 자락을 탁, 탁, 소리 나게 편 다음 먼지를 털어 냈다. 차창을 바라보다 내 쪽으로 고개를 돌리는 일을 여러 번 반복했다. 그럴 때마다 아내의 입에서는 들릴 듯 말 듯 분절음이 새어 나왔다. 터지지 못한 울림을 억지로 삼키는 것 같은…. 그 느낌이 전염되기라도 한 걸까. 잊어버리고 있던 목 안의 이물감도 다시 살아났다. 식도인지 기도인지 모를 통로를 오르락내리락하는 느낌이 몹시 거슬렸다. 흠, 음, 나는 숨을 들이마신 다음, 그 이물을 뱉어 내려, 해소하려, 헛기침을… 그런데 갑자기, 새된 목소리가 옆자리에서 들려왔다.

"당신은 처음부터, 그랬어."

아내가 쉬지 않고 영문 모를 말을 쏟아 내기 시작했다.

"당신 직장을 따라 아는 사람 하아나 없는 곳에 가야 했을 때도, 당신은 그랬지? 알아서 하라고. 대학원에 진학할 때도, 나는 의논한 거였는데, 당시느은, 아무 말도 없었어! 심지어 당신은…."

그리고 긴 한숨.

"임신했을 때도 내게 결정하라 했고!"

이게 무슨 억지지?

"무슨 소리야? 결혼하자고 한 사람은 나야. 잊었어? 책임지려고 모든 걸 포기했잖아!"

그 순간, 완벽하게 주도권을 쟁취한 아내의 입가에 만족스러운 미소(내게는 그렇게 보였다)가 지나갔다.

"포기? 포기가 아니라 당신 자신에게 자유를 준 거겠지. 책임? 아아, 기회다 싶어 갈아탄 그 책임?"

입 안이 약물을 머금은 것처럼 씁쓸했다. 아내는 자신의 잉태를 내게 알리는 순간, 어떤 표정을 지었는지 알고 있을까. 마냥 기뻐할 수도, 부정하지도 못하는 심리가 고스란히 드러나 있던 얼굴. 기껏 아내의 의사를 존중하려 한 행동이 이런 식으로 왜곡되다니. 갑자기 아내의 얼굴이, 손이, 시선이…… 낯설었다.

아내가 캔버스 가방을 열었다. 일부러 만들어 내는 게 틀림없는 불협화음이 그녀의 손짓에 맞춰 새어 나왔다. 화장 케이스와 약병이 덜그럭거렸고 비닐봉지와 페트병이 웅성거렸다. 놀랍게도 아내의 얼굴은 덤으로 에너지를 얻은 양 화색이 돌았다. 반면에 나는 방황하던 덩어리가 폐 어딘가에 박힌 기분이었다. 게다가 신경을 긁는 소리, 소리, 소리들. 나는 단지 조용히 가자고 말하고 싶었다. 힘들더라도 참고, 묵묵히, 이 길을 달리자고.

오른손을 올렸다. 캔버스 가방의 손잡이를 낚아채어 힘껏 당겼다. 무방비였던 아내가 손잡이에 딸려 오며 "어머야앗!" 소리를 질렀다. 정신을 수습한 아내가 가방을 끌어당겼지만 나는 힘을 빼지 않았다. 가방이 사이드 브레이크 위를 쉼 없이 넘나들었다. 아내의 고함이 "놔, 이 새끼야!"로 바뀌었다.

실랑이를 벌인 시간이 정확히 어느 정도였는지 모르겠다. 나는 운전 중 전방을 주시해야 하는 의무를 잊었다. 급브레이크를 밟기 시작했을 때 나는 이층집 높이는 될 만한 나무가 승용차 앞에 달려드는 걸 목격했다. 성능 좋은 브레이크 덕에 충격은 심하지 않았다.

긴 굉음의 시간이 끝나자 나는 급히 고개를 돌려 아내를 살폈다. 안전벨트에 의지한 채 이마를 잔뜩 찡그린 아내는 큰 탈이 난 것같이 보이진 않았다. 괜찮냐고 물으니 고개만 끄덕거렸다. 동시에, 머리가 쭈뼛 섰다. 뒤를 돌아보았다. 아이는 카시트에 안겨 미동도, 하지 않았다……. 눈앞이 하얘졌다. 들이켠 숨을 내쉬지도 못한 채 뒷좌석으로 팔을 뻗었다. 그런데 돌연, 아내의 손이 만류하듯 내 어깨를 잡았다.

"괜찮을 거야, 깊이 잠들어서."

나는 침착한 아내가 낯설고 의아했다. 자고 있다고? 차가 그렇게 요동을 쳤는데?

"잔다고 보기엔 너무 반응이 없잖아. 애가 놀라서 가성 실신 같은, 뭐 그런 상태일 수도 있어. 일단 가까운 톨게이트로 빠져나가 병원부터 찾자."

다시 아이를 가까이 살펴보려고 안전벨트를 풀었다. 아내가 연거푸 내 팔을 잡아끌었다.

"그제 밤에… 소아과에 갔었어. 장거리를 가야 한다고 걱정했더니 감기약 종류를 처방해 주대. 수면제 역할을 할 거라며."

나는 아내의 말이 선뜻 이해되지 않았다. 멀쩡한 애한테 수면제를 먹였다고?

"약간의 해가 약이 되기도 하니까."

약간의 해악. 그러니까 평온한 여행길이 유지되고 있는 건 우리가 소리를 죽이려 노력한 덕분도, 운이 따랐던 때문도 아니었다. 적당한 이물질, 아이의 정신을 둔하게 만드는 약제 덕이었다. 나는 안심이 되는 한편 허탈한 마음도 들어 몸의 힘을 빼고 늘어졌다. 그러곤 서서히 일어나는, 누구를 향하는지 알 수 없는 분노를 느끼고 당황했다. 아내는 언제 약을 먹인 걸까. 입원을 반복해 온 아이였기에 예비용으로 약을 먹인 선택이 과한 일은 아니었다. 하지만… 그 선택밖에 없었을까. 감기약? 사실, 감기약은 증상에 따라 약을 조합한 것이지 따로 실존하지 않는다는 정도는 나도 아는 바였다. 의사에게 처방받았다는 말은… 믿을 수 있을까. 아픈 아이를 돌보는 일은 우리 부부에게 긴 시간 예정된 미래였다. 그런데 벌써부터 이런 꼼수를 쓰다면…. 꼼수? 꼼수라고 표현하는 게 맞나? 이건 분명 약을 써야 할 필수적인 상황이 아니고 일종의, 그러니까, 일종의 폭력이라고 말할 수 있지 않나.

하지만 나는 곧 고개를 저었다. 아이 일이라면 만사를 제쳐 두고 달려가는 아내가 알아서 결정했을 것이다. 나는 가정생활의 주관자가 아니므로 아내의 영역을 침범할 수 없었다. 그리고 보니 우리는 바로 전 쟁탈전을 벌인 일을 까맣게 잊었다. 같은 목적을 공유하고 있는 동질감은 서로를 강하게 엮는 법이었다.

상황을 점검하는 게 우선인지라 나는 차창 너머 앞쪽부터 살폈다. 퍼붓는 빗줄기 사이로 비스듬히 누운 아카시아나무가 눈에 들어왔다. 본능적으로 핸들을 틀었는지 승용차는 갓길로 넘어가 있었다. 비상등을 켰다. 천천히 운전석 문을 열었다. 아스팔트 위에 떨어지는 빗물 소리에 귓속이 먹먹했다. 도로에 내려서자마자 장침 같은 빗줄기가 정수리에 꽂혔다. 곧장 앞 범퍼 쪽으로 걸음을 옮겼다. 허리를 굽히고 제법 굵은 나뭇가지가 범퍼와 차체 사이에 껴 있는 걸 확인했다. 부딪칠 때 걸리는 바람에 멈춰 서는 순간까지 끌려온 모양이었다. 뒤로 물러섰다. 한 발을 들어 나무 중간을 내려찍었다. 우직, 하는 소리와 함께 닭살 같은 섬유질이 찢어지며 희멀건 아카시아나무의 속살이 드러났다. 다시 한번 발의 각도를 달리해 찍었지만 애꿎은 승용차만 기우뚱거릴 뿐이었다.

그때, 조수석 창문이 열리고 아내가 고개를 내밀어 무어라 말을 했다. 아내와의 거리는 몇 미터 내외였지만 몰아치는 비바람 탓에 그녀의 말을 분간하기 어려웠다. 나는 허리를 앞으로 구부리며 물었다. 뭐라고? 거듭해서 물었다. 뭐라고? 젖은 머리카락이 아내의 둥그스름한 얼굴을 따라 들러붙었다. 나는 제자리에서 꿈쩍도 않은 채 제 말을 알아듣길 바라는 아내를 이해할 수 없었다. 함성 같은 빗소리에서 그녀의 목소리만을 선별해 낼 수 있는 능력이 내겐 없는데. 아내는 몇 번이고 의사를 전달하고자 노력했지만 뒷좌석에 잠들어 있는 아이 때문인지 원하는 만큼 소리 내지 못하는 것 같았다. 잠시 망설이던 그녀는 결국 차 안으로 고개를 넣고 창문을 닫아 버렸다.

나는 우두커니 안락해 보이는 승용차 안을 바라보았다. 아내는 자신과 상관없는 세상을 보듯 이쪽을 바라보고 있었다. 등을 타고 내려온 빗줄기가 바지 안으로 스며들어 허벅지를 타고 흘렀다. 따귀를 맞은 듯 양 볼이 얼얼했고, 젖은 속옷과 살이 스쳐 따끔따끔했다. 이러지도 저러지도 못하고 서 있는 내 주위로 작은 물웅덩이들이 생겨났다. 도로 밖으로 빠져나가는 길은 보이지 않았다. 밖으로 나간다 한들 어차피 우리의 목적지로 가기 위해서는 고속 도로로 돌아올 수밖에 없었다. 만약 이 사태를 해결하기 전에 약 기운이 떨어진 아이가 잠을 깨면 어쩔 것인가. 기침이라도 시작한다면, 멈추지 않는다면, 구급차를 불러야 할 판이었다. 싱귤레어, 그 약도 가져오지 않았다고 하지 않는가. 게다가 아내는 폐경을 맞았다.

새삼스럽게 추웠다.

천천히 걸어 운전석으로 돌아갔다. 문을 여는데 웅, 하는 귀울음이 약 올리듯 맴돌았다. 운전석에 앉자마자 보험사에 연락했다. 악천후 때문에 당장 출동은 힘들다는 답이 돌아왔다. 나무가 범퍼에 걸려 있다는 말엔 경찰을 부르는 게 낫지 않겠냐며 답했다. 나는 휴대폰을 내려놓은 뒤 아내에게 물었다.

"아까, 뭐라고 말했던 거야?"

어깨가 흠뻑 젖은 블라우스 차림의 아내가 대답 대신 자신의 휴대폰을 들이밀었다. 폰의 액정 화면에는 날씨 앱에서 제공하는 실시간 예보가 떠 있었다. 한 시간 후에 개일 것이라는 기상 예보. 노란 동그라미 안에 웃고 있는 햇살 표시가 도통 실감 나지 않았다.

"헛고생하지 말고…. 날씨가 개면 어떻게 해 보던지."

말을 끝낸 아내가 내 앞을 가로질러 몸을 빼더니 운전석의 문을 닫았다. 그녀의 말이 옳았다. 어차피 제시간에 목적지에 당도하기는 그른 일이었다. 다시 휴대폰을 들어 문자를 넣었다.

여의치 않은 일이 생겨 늦을 수 있습니다. 너무 늦으면 결혼식에 참석 못 할 수도 있습니다.

문자를 전송하고 손에서 놓으려던 휴대폰을 또다시 열었다.

갈 수 있도록 노력하겠습니다.

마지막 문자를 보낸 후 한기가 느껴져 히터를 틀었다. 운전석 등받이에 몸을 기대고 차창 밖을 주시했다. 어두워진 사위 탓에 도로 끝이 보이지 않았다. 걱정하지 않기로 했다. 늘 그랬듯 가다 보면 도착하기 마련이니까. 눈꺼풀이 점점 무거워졌다. 어젯밤은 여행에 관한 긴장 탓에 제대로 잠을 자지 못했다. 단 한 시간만 죽음 같은 잠을 자고 나면 모든 피곤이 풀릴 것 같았다. 창밖에는 변함없이 빗줄기가 거셌다. 그 리듬에 맞추어 나도 조금씩 숨을 내쉬기 시작했다.

야자 가로수 이야기

동진아파트 103동 옥상에서 뛰어내린 여자는 단 한 번의 성공에 집중한 듯했다. 화단 나무에나 떨어져 목숨을 부지하기 싫었던 게 분명했다. 1-2호 출입구 지붕마루 한가운데에 여자는 자리하고 있었다. 짧은 파마머리 아래 세 갈래로 흐르던 핏물은 배수구에 이르지 못하고 흔적으로 남았다.
 속이 울렁거리자 수이는 급히 시선을 움직였다. 눈앞의 장면에서 벗어날 수 있다면 어떤 광경이라도 고마울 것 같았다. 한 달 전으로 돌아간다면 아니, 한 시간 전이라면 이 상황을 피할 수 있었을까. 지붕마루 옆에는 살이 부러진 검은 우산 하나가 키 큰 사철나무 가지 사이에 껴 있었다. 우산은 녹이 슬거나 때가 탄 것은 아니어서 오래된 물건은 아닌 듯 보였다. 투신한 여자의 것일 수도 있었다. 순간, 수이의 머릿속에 마지막 도착지를 눈여겨보는 여자의 모습이 떠올랐고 고층 빌딩에서 아래를 내려다보았을 때처럼 현기증이 엄습했다.

 계속 시간을 끌고 있을 수는 없기에 수이는 따라 나오는 상념을 서둘러 덮었다. 2층으로 올라가는 계단 창호의 손잡이를 잡고 당겼다. 지저분한 유리에 가려졌던 여자의 형체가 선명해지자 수이는 바닥에 내려놓았던 부직포 주머니를 들어 입구를 열었다. 튀어나온 먼지가 사방으로 날았고 빛에 투영된 그림자를 꼬리처럼 남겼다. 주둥이 안으로 손을 넣어 천 자락을 끄집어냈다. 귀퉁이를 잡고 머리 높이 들었다. 목표와의 거리를 가늠하고 종잡을 수 없는 바람의 강도와 방향까지 살폈다.

 숨을 몰아쉰 수이가 두 팔을 창문 밖으로 뻗었다. 비스듬히 날아 오른 식탁보는 잠시 공중에 머물렀다. 봉긋하게 중심을 말아 올리더니 1-2호 출입구를 향해 활강했다. 두어 번 수이가 눈을 깜박이는 사이, 지붕 위 주검 위에는 하얀 식탁보가 내려앉았다.

 수이가 동진아파트를 소개받은 건 한 달 전 일이었다. 중개 사무소에서는 사십 년이 넘은 아파트이긴 하지만 그래서 더 알짜일 수 있다고 부추겼다. 재개발 추진이 순조롭게 진행 중이라는 말이었다. 중개인을 쫓아 마주한 동진 아파트의 첫인상은 날로 쇠약해 가는 병자 같았다. 벽면의 금을 따라가다 보면 끝도 없이 고개가 올라갔다. 창문엔 갈빗대 같은 쇠 받침대가 달려 있었는데 그 안에는 어떻게 버티고 있는지 알 수 없는 나무판자가 둔중한 가스통 아래 자리하고 있었다. 7층짜리 세 개 동을 통틀어 경비 초소는 하나였는데 그 곁에 스티커도 붙이지 않은 책상 따위가 불법으로 쓰레기를 태운 듯 보이는 드럼통과 모여 산만했다.

자신을 '오십 대 싱글녀'라 소개한 중개인은 두 개의 동을 가로질러 103동 앞에 걸음을 멈췄다. 2층이라고 하지 않았어요? 101호를 가리키는 중개인을 향해 수이가 묻자 그녀는 생각지도 못한 말을 들었다는 표정으로 대답했다. 아우, 고객님. 내가 언제 2층이라 했다구, 2층 같은 집이라고 했죠. 그러곤 오른팔을 머리 위로 들어 101호 베란다 외벽의 가장자리에 붙여 보였다. 이 집이 필로티 공법으로 지은 아파트라 1층이라도 이렇게 높아요. 웬만해선 집 안이 보이지 않지. 수이는 자리를 옮겨 가며 출입구 밖과 베란다 높이를 견주어 보았다. 하지만 그런 식으로는 어느만큼 집 내부가 들여다보일지 짐작하기 힘들었다.

이사할 결심을 굳힌 건 집 내부를 둘러보고 나서였다. 외풍을 막기 위해서였을까. 101호의 창틀과 문틀엔 포장용 에어 캡과 방수 테이프로 빈틈이 없었다. 문을 열어 놓지만 않는다면 집 밖과 안은 어떤 기척도 느끼지 못할 것 같았다. 서로 알 필요도 없고 알 수도 없는 공간. 수이는 전 주인이 마련해 놓은 폐쇄적인 세상이 마음에 들었다.

하지만 삼십여 분 전, 다시 101호에 발을 들인 수이는 첫 방문과는 무언가 달라졌다는 걸 감지했다. 유폐된 공간에서 얻을 수 있는 안정감이라던가 타인에 신경 쓸 필요 없는 편안함은 사라지고 없었다. 불안한 마음을 안고 집 안을 둘러보는데 바람 한 자락이 옆구리를 스치고 지나갔다. 걸음을 옮겼다. 출입구 옆 작은 방의 창문 한 짝이 깨져 구멍이 나 있었다. 어린아이 머리통만 한 구멍은 크거나 작은 삼각형으로 남은 유리 파편이 빈 중심을 둘러싸고 있었다.

 관자놀이의 통증을 누르며 수이는 생각했다. 도대체 누가 이런 짓을 했을까. 어쩌면 비비탄 같은 것을 아무 곳에나 쏘아 대는 아이들이 근처에 살고 있을지도 몰랐다. 시도 때도 없이 사적인 공간을 위협하고 일상을 침범할지도 모를 일이었다. 그렇다면, 이 집에서의 생활이 꽤 골치 아파질 것이 틀림없었다. 허리를 굽혔다. 구멍에 얼굴을 가까이 대고 창문 밖을 살폈다. 출입구 옆에는 벽돌을 쌓아 만든 화단이 외벽을 따라 이어져 있었다. 화단 안엔 누런 신문지 몇 장이 잡목에 걸려 나부꼈는데 마천루처럼 보이는 1-2호 출입구의 지붕마루에서 날아온 듯했다. 공교롭게도 지붕은 방 안에 서 있는 수이의 시선과 같은 높이였다. 발꿈치를 살짝 들자 뒹구는 두루마리 휴지와 삼선 슬리퍼 한 짝, 겹겹이 신문지에 싸여 정체를 알 수 없는 물체까지 속속들이 보였다.

 "크흠."

 갑자기 낯선 기침 소리가 휑뎅그렁한 집 안에 울렸다. 푸른 경비 모자를 쓰고 구부정한 등을 뒷짐으로 받친 노인이 들어와 거실 한가운데 서 있었다. 노인은 놀란 눈으로 쳐다보는 수이를 살피는가 싶더니 다가와 입을 뗐다.

"이 집에 이사 오는 사람이요?"

"그런데요?"

"이사는, 지금 할 거요?"

"네. 이삿짐도 거의 다 왔을 거예요. 왜 그러시죠?"

대답 대신 노인은 두리번거리기만 했다.

"아가씨는 아닌 것 같고…. 바깥양반은 어디 가셨나?"

수이는 순간 남자를 떠올렸고, 하마터면 직장에 있어요, 하고 말할 뻔했다.

"저한테 말씀하세요."

노인은 그래도 끈질기게 미적거리다가

"저거, 사람이요."

"예?"

"아까 이 동 사는 아줌마가 옥상에서 뛰어내렸소. 한 시간쯤… 됐나."

무심한 투로 던져 놓은 노인의 말이 수이는 선뜻 이해되지 않았다. 이 동에 사는 아줌마가… 뭘 했다고? 이 노인은 어째서 함부로 남의 집에 들어와 이런 말이나 하는 거지?

느닷없이, 창문 구멍으로 보이는 신문지 한 장이 수이의 눈길을 끌었다. 때마침 바람이 불었고 지붕마루에 누워 있던 신문지들이 연이어 날았다. 빛바랜 활자에는 붉은 얼룩이 흥건했다. 주황색 줄무늬 양말과 청바지의 아랫단이 지붕에 나타났다. 얄팍한 발목을 감싼 양말이 발뒤꿈치까지 흘러 내려와 후줄근했다.

수이는 손을 들어 입에서 나오려는 비명부터 막았다. 시신이라고? 저게? 아직 가족의 임종도 한번 겪어 보지 못한 그녀였다. 저기… 사람이 죽어…. 상황을 파악하자마자 오소소 소름이 돋았다. 생각할 겨를도 없이 곧장 후들거리는 다리를 끌고 현관으로 향했다. 노인이 그녀의 뒤를 따르며 어디 가냐고 물었지만 대답할 여유가 없었다. 수이는 한시라도 빨리 믿기 힘든 이 현장에서 멀어지고 싶었다. 하지만 그녀의 발걸음은 현관을 나서기도 전에 멈추고 말았는데 당장 갈 수 있는 곳이 떠오르지 않아서였다. 가족에게 가기는 죽기보다 싫었고 무엇보다 이사를 팽개쳐 둘 수 없었다.

수이가 어쩔 줄 몰라 하는 동안 지붕 바닥에는 손가락 하나가 더 나타났다. 수이는 뒷걸음질을 치는 중에도 점점 드러나고 있는 사체를 어떻게든 가려야 할 필요를 깨달았다. 창문 구멍 밖으로 소형 트럭 한 대가 다가오는 모습이 보였다. 트럭의 짐칸에는 옹기종기 들어앉은 이삿짐이 파란 방수 천에 덮여 있었다. 수이는 출입구 지붕과 정차하는 트럭을 번갈아 보다 짐칸 어딘가에 실려 있을 식탁보를 떠올렸다.

"뭘 사자고?"

남자의 반문에 수이는 휴대폰에 메모 중이던 가전제품 리스트에서 시선을 들었다. 결혼식을 두 달여 앞둔 점심시간, 남자의 직장 건너에 있는 스타벅스에서였다.

"식탁보, 흰색으로."

답을 들은 남자의 한쪽 입꼬리가 슬쩍 올라갔다 떨어졌다. 요즘 누가 식탁보를…. 말꼬리를 흐리며 남자가 수이의 얼굴을 보았다. 사고 싶으면 뭐, 알아서 해. 오늘 말고, 자기 알아서. 남자는 결혼 준비에 진저리를 내던 사람이었다. 여자들은 그렇더라. 결혼하면서 사고 싶은 로망들이 있나 보더라고. 그런 거 있잖아, 베드 트레이, 인센스? 뭐 그런 거. 근데 식탁보는 좀, 올드하다. 수이는 남자의 어머니가 사 주겠다는 대리석 식탁도 올드하기는 마찬가지라고 생각했지만 언급하지 않았다. 따뜻한 질감의 원목 식탁으로 신혼 가구를 마련하고 싶었던 수이는 대리석이 고급스럽다며 선을 긋는 예비 시어머니 앞에서 입을 다물어야 했다.

수이는 남자의 어머니에 대해 자세히 알지 못했다. 오랫동안 화장품 방문 판매를 했었고 남자가 여덟 살 되던 무렵, 집을 나가 다시 돌아오지 않았다는 정도뿐이었다. 남자가 어머니와 재회한 건 대학교를 막 졸업하고 간암에 걸린 아버지가 짧은 투병 끝에 돌아가신 장례식장에서였다. 오실 줄 몰랐다고 남자는 이야기했다. 고등학생 때 수소문해 연락한 어머니가 동거남에게 폐가 되지 않을까만 걱정하는 눈치여서 다시는 미련 갖지 않았다고. 고등학교 졸업식에도, 대학교 졸업식에도 오지 않은 남자의 어머니는 꼴도 보기 싫다던 전남편의 장례식장에서 만취해 오열했다. 남자는 가끔 어릴 적 이야기도 했는데, 예컨대 어머니가 아들의 끼니를 책임졌던 방식 같은 것이었다. 외출 준비를 하며 아들이 사 먹을 라면값 이천 원을 꼬박꼬박 쥐여 주었던 어머니. 그럴 때마다 똑같은 화장품 냄새가 났었다고 남자는 이야기했다.

직장 동료의 소개로 수이를 만난 날, 남자는 생각지도 않게 어머니의 화장품에서 나던 향의 정체를 알게 되었다. 그다지 향수를 즐기지 않는 수이가 순전히 점심때 먹은 김치찌개 냄새를 덮고자 두어 번 뿌린 향을 맡은 순간 그는, 어머니의 좌식 화장대가 방문 앞까지 그림자를 드리우던 유년의 기억이 되살아났다. 궁금해하는 남자를 위해 수이는 선물 받은 향수를 검색했다. 브랜드 홈페이지에는 '눈이 쌓인 겨울날 벽난로의 불길이 타오르는 북유럽 어느 산장에서 피어나는 백합의 향기'라 소개하고 있었다.

남자의 부모에 반해 수이의 부모는 백년해로한 셈이었다. 그렇다고 남자는 알고 있었다. 그녀의 부모는 감정이 넘치는 사람이었는데, 호들갑스럽게 기뻐하다가도 별일 아닌 것에 고함을 질러 댔다. 보험 영업직이었던 아버지는 이틀이 멀게 술을 마셨고 어쩌다 고객에게 무시라도 당한 날이면 수이의 어머니에게 억지 흠을 잡아 세간살이를 던졌다. 자정이 지나 쿵쿵거리는 발소리가 현관문 밖에서 들려오면 수이는 주방 구석에 자리한 육인용 고무나무 식탁 아래로 몸을 피했다. 해져 가는 아버지의 양말이 식탁 다리 사이로 보일 때마다, 일요일 아침 TV에 나오던 '망토 공작대'의 주인공처럼, 두르기만 하면 다른 사람들 눈에 보이지 않는 마법의 망토가 절실했다. 그러나 초능력 망토를 가지고 있지 않은 수이는 적당한 가림막 너머 숨는 것밖에 할 수 없었으므로 가능한 한 몸을 웅크려 식탁보 자락을 발끝까지 끌어내리곤 했다.

남자가 가정 법원에 제출한 이혼 신청 사유서에는 회복할 수 없는 성격 차이 때문에 결혼 생활을 유지할 수 없다고 나와 있었다. 특별하지도 않은 가을날, 남자는 속옷 몇 장만 챙겨 집을 나가 버렸다. 헤어지자, 하고 날아온 메시지가 너무 단출해서 수이는 몇 번이고 놓친 내용이 없는지 확인했다. 그 전날에도 전전날에도 다툰 기억은 없어서 모르는 빚이라도 있는지, 직장에서 사고라도 일으킨 건 아닌지 걱정스러웠다. 유일하게 알고 지낸 남자의 직속 상사는 수이의 방문에 불편한 기색이 역력했다. 사업을 시작한다기에 그런 줄만 알았다, 하고 중얼거렸다. 수이는 고민 끝에 탐정 협회라는 곳에 의뢰서와 선금을 보냈다. 일주일 후, '해결했습니다'란 제목을 단 메일이 도착했다. 남자는 육지의 남쪽 끝, 통영의 바닷가에 살고 있었다.

출입구에 이삿짐을 남겨 놓은 채 인부들은 가 버렸다. 사정을 봐달라며 잔금 일부를 미리 건넸지만 소용없었다. 수이는 1-2호 출입구 아래 어지럽게 흩어진 짐들을 살펴보았다. 혼자 사는 대학 후배 집에서 일 년여의 더부살이를 끝낸 수이의 이삿짐엔 무게가 나갈 만한 가구나 전자제품이 없었다. 다른 짐은 차치하고라도 옷가 지나 그릇 같은 것들을 마냥 바닥에 놓아둘 수는 없는 노릇이었다. 1층이고, 세 칸의 계단만 올라가면 되니 조금씩 이삿짐을 옮겨 볼 요량이었다.

출입구 지붕은 의식하지 않으려 노력했다. 처음 시신을 알아차렸을 때의 당황스러움은 가라앉은 상태였다. 하지만 낭패감과 짜증이 그 자리를 채웠다. 운이 나빴기 때문이라고 치부하기에는 너무 지독한 우연이었다. 하필 이사하는 날, 하필 이 시간에, 이 집 앞에… 고개를 들 때마다 보이는 하얀 식탁보에 수이는 눈을 질끈 감았다. '별일 아니야'를 되뇌며 마음을 가라앉혔다.

속옷과 화장품이 들어 있는 캐리어부터 옮겨 보기로 했다. 계단에 올라서 기세 좋게 끌어 올렸지만 어깨에 무게가 실리는 순간 내려놓았다. 밭은 숨이 턱까지 차올라 왔다. 사방을 둘러보았다. 아파트 단지의 가장자리, 오렌지색 삼각 지붕 아래 경비 초소가 눈에 들어왔다. 초소 창 안에 비친 노인은 수이가 서 있는 곳과는 다른 쪽을 주시하고 있었지만 멀지도 않은 거리에 흩어져 있는 짐 꾸러미가 보이지 않는 건 말이 되지 않았다. 수이가 초소 쪽을 향해 한껏 입을 벌렸다. 좀, 도, 와, 주, 세, 요오. 서너 번 반복하자 드디어 수이를 바라본 노인이 초소를 나와 걸어왔다.

"경찰은 언제 온대요?"

노인이 다가오자마자 물었다.

"그게, 뭐, 어디 사고가 크게 나서 인력이 없다고…. 처음엔, 바로 왔는데…."

무심결에 고개를 든 수이의 시야에 봉분 같은 식탁보가 잡혔다.

"이삿짐센터 사람들은 어디 가고?"

대답하지 않았다.

"돈은? 돈 준대도 싫대들?"

수이는 미련하게 군 자신이 새삼스레 싫었다.

"어쩔 수 없는 천재지변과 같대요."

노인은 혀를 차더니 누런 테이프로 봉합된 골판지 박스를 들었다. 굼뜬 발걸음으로 101호 안으로 들어가 짐을 내려놓곤 되돌아왔다.

전면에 '과학 수사'라는 패널을 부착한 경찰 승합차가 나타난 건 그때였다. 아이구, 드디어 왔네. 노인이 막 들어 올리던 박스를 내려놓았고 수이는 가쁜 숨을 쉬며 한쪽으로 짐을 몰았다.

경찰은 일사불란하게 움직였다. 출입구 지붕과 2층으로 올라가는 계단 코너 창호를 가로질러 노란 테이프를 둘렀다. 흰 방호복을 입은 감식반원이 익숙한 손놀림으로 검은 가방을 열었다. 일회용 커버를 꺼내어 신발에 씌운 다음 1-2호 출입구를 향해 성큼성큼 걸어갔다.

수이는 101호 안으로 몸을 피했다. 일련의 과정이 끝날 때까지 옮겨 놓은 물건부터 정리할 참이었다. 101호에 경찰이 나타난 건 수면 양말과 팬티스타킹을 삼단 플라스틱 정리함에 집어넣고 있을 때였다. 무전기가 부착된 조끼를 입은 경찰은 현관이 가득 차 보일

정도로 체구가 컸다. 수이는 사건이 벌어지고 난 후에 도착해서 본 것이 없다고 하였다. 경찰은 그렇더라도 현장에서 가까운 집이라 조사해야 한다고 말했다. 그러면서도 이미 결론이 나 있는 사항이어서인지 다른 이야기를 더 많이 했다.

"어째, 이사 날을 잘못 잡으셨습니다…."

수이가 뭐라 답하기도 전에 불분명한 음성이 무전기에서 튀어나왔다. 가슴 쪽으로 고개를 숙인 경찰이 거실을 쩌렁쩌렁 울리며 응답했다. 이상 없으음.

"혼자 사시나요?"

이건 수사에 필요한 질문일까.

"언제 정리가 끝날까요?"

경찰은 들고 있던 봉투를 들어 손바람을 부쳤다.

"시신이야, 현장 조사가 끝나는 대로 옮겨 갈 겁니다. 그보다는…."

종이봉투가 한쪽으로 고꾸라졌다.

"자국이 꽤 오래갈 텐데, 좀 불편하더라도 그러려니 하십쇼."

"자국, 이요?"

"아, 예… 핏자국이…. 흙바닥 같은 데는 비라도 한번 와 주면 지는데 콘크리트는 바로 세척하지 않으면 오래가거든요. 이런 아파트는 낡아서 더할 겁니다."

다시 깨진 창문 밖을 살폈다. 핏물은 처음 목격했을 때보다 조금 더 넓고 짙었다. 자국이 남는다면 출입구 아래를 지날 때나 집에서 머무를 때, 사체의 모습이 기억날 건 자명했다.

"그런 거, 경찰 쪽에서 어떻게 처리를 안 해 주시나요? 공적인 일이 아닌가요?"

아, 그게. 경찰의 얼굴에 난처한 기색이 떠돌았다.

"범죄 현장 같으면 클리닝해 주는 제도가 있긴 합니다만, 자살은······. 나중에 전문가 시켜서 지우시던가. 혹시 모르니 아파트 관리실에 말해 보십쇼."

사체 주위에는 두 명의 감식반원이 바삐 움직이고 있었다. 한 사람이 가방에서 대형 삼각자를 꺼내 시신 옆에 놓았다. 카메라를 들고 가깝게 혹은 거리를 두며 촬영했다. 다른 감식반원은 방수 팩을 여러 장 들고 있었다. 떨어져 있던 시신의 슬리퍼와 휴대폰, 생명의 일부였던 부산물이 차례로 팩 안으로 들어갔다. 그들의 행동을 눈여겨보던 수이는 적나라하게 드러난 시신의 얼굴을 발견하자 황급히 눈을 피했다. 기억 속에 여자의 얼굴을 남게 하고 싶지 않았다. 방황하던 시선이 지붕마루 구석에 아무렇게나 놓여 있는 식탁보에 가닿았다. 수이는 낯선 여자의 체액으로 오염된 식탁보를 상상할 수 없었다. 가장자리에 놓인 꽃수가 상하지 않게 번번이 손으로 빨았던 식탁보였다.

작업이 모두 끝난 듯 감식반원들이 장비를 챙겼다. 들것으로 사체가 옮겨지자 검시용 시트가 그 위를 덮었다. 세 개의 검은 벨트가 여자의 목과 가슴, 무릎 부위를 고정했다. 지붕마루에 서서 대화를 주고받던 두 경찰이 출입구의 앞쪽으로 들것을 내렸다. 사선으로 기울어진 시신을 정복 차림의 경찰이 받았다.

하얀 천위로 늦여름 햇빛이 쏟아졌다. 난반사된 빛은 방 안에 서 있는 수이의 눈으로 날아들었다.

남자가 떠나간 후 수이는 제대로 끼니를 챙기지 못했다. 대리석 식탁에 차려 놓은 라면을 앞에 두고 어스름이 깔리는 결혼사진을 바라보기만 했다. 당장 어떻게 할지부터 판단이 서지 않았다. 무작정 기다려 볼까. 기다리다 보면… 돌아올까? 돌아오고 나면, 해피엔딩인가? 수이의 머릿속에서 남자는 돌아올 사람과 돌아오지 않을 사람으로 나뉘어 오고 갔다. 수이는 끊임없이 생각했다. 남자와 처음 만난 순간부터 몰려올 태풍을 걱정하며 나눈 전날의 대화까지. 남자가 결혼한 이유에 관해 의구심을 가지기도 했다. 먼저 구혼한 건 남자였다. 사랑한다는 말도 곧잘 하던 그였다. 하지만, 그 말의 정확한 함의가 무엇이었는지는 알 도리가 없었다. 고함이 난무하는 친정에서 불편해하던 남자의 모습, 밖에서 식사하다 벌어진 말다툼…. 모든 게 떠날 이유가 될 수 있으면서 모든 게 이유 같지 않았다.

기온이 영하로 떨어진 아침이었다. 수이는 세심하게 아이라인을 그리고 마스카라를 발랐다. 집을 나서기 전, 메일로 전해 받은 주소를 휴대폰 메모장으로 옮겼다. 남자와 공유하던 SUV는 남자의 가출 동반자가 되어 사라졌으므로 대중교통을 이용해야 했다. 오전 아홉 시에 출발한 버스가 통영 버스 터미널에 도착하기까지 네 시간 사십 분이 걸렸다.

통영 버스 터미널에서 앱을 통해 택시를 부르는 건 불가능했다. 택시 승강장으로 걸어갔다. 운전석이 죄 비어 있는 택시들에 당황한 수이 앞으로 종이컵을 든 남자가 걸어오며 소리쳤다. 어데 가능교? 커피를 마시며 수이가 불러 주는 주소를 내비게이션에 입력하던 택시 기사가 고개를 갸웃했다. 여게는 펜션 같은 거 없는 덴데…. 수이가 빌라로 알고 있다고 말하니 납득했단 표정으로 주억거렸다. 아…. 한 달 살기 그런 거 하실라꼬? 출발과 동시에 기사는 수이가 물어보지도 않은 통영의 특산물과 관광지를 안내하기 시작했다. 먼저 강구안에 가 봐야 한다고, 항구에 띄워 놓은 거북선을 구경하고 오 분만 걸어가면 보이는 충무김밥 거리에서 전통할매김밥을 사 먹으라고 말했다. 바로 옆 중앙시장 뒤편으로 시작되는 동피랑에 오르면 벽화 마을이 있는데 사진을 찍기에 좋다고 덧붙였다. 젊은 사람들이 인스타그램에 올릴 사진 때문에 가는 곳이라고.

수이는 한 귀로 기사의 말을 들으며 차창 밖으로 이따금 보이는 바다와 조성해 놓은 해변 공원에 눈길을 주었다. 하지만 머릿속은 곧 맞닥뜨릴 상황과 오갈 수 있는 대화를 짜 맞추느라 어수선했다. 수이는 우선 남자의 감정을 달래기로 마음먹었다. 상대가 '이해받았다고 느끼는 게' 중요하다고 여기저기에 나와 있었기 때문이었다. 타인을 완벽히 이해하는 건 어차피 불가능하다는 문구에 마음이 편해지기도 했다. 반박하지 않고 상대의 말에 호응하기. 가장 기본적이고 효과가 좋은 방법이었다. 일단 제자리로 돌려놓고, 무책임한 남자의 행동을 따지는 건 그때도 늦지 않으리라. 계획을 세우고 나니 수이의 호흡도 조금씩 안정을 찾아갔다.

내리막길로 택시가 들어섰다. 수이의 시야에 도로 옆 낯선 가로수가 들어왔다.

"야자수네?"

제주도에만 있는 줄 알았던 야자수가 이, 삼 미터 간격으로 도로를 따라 줄지어 있었다. 아이! 별일 아니라는 듯 기사가 말했다.

"대추야잡니다, 대추야자."

수이의 표정이 흥미로워 보였을까. 마침내 제 할 일을 찾았다는 듯 기사가 목청을 높였다.

시작은 통영시 관광과에 속한 한 공무원의 제안이었다. 제주도의 이국적인 풍광에 한몫하는 야자수를 통영에도 심자는 제안. 제주와는 기온 차이가 있어 열대 식물이 살아남기 힘들 것이라는 반대 의견도 만만치 않았다. 하지만 당시 바로 옆 거제시에서 파인애플 농사가 성공을 거두었고 심심찮게 열대어가 잡힐 만큼 기온이 높아지고 있는 터라 해 볼 만하지 않겠냐는 의견이 우세했다.

통영 초입부터 대표적인 관광지로 가는 도로변을 중심으로 대추야자수가 식재되었다. 처음 한두 해는 시행착오가 많았다. 특히 겨울을 나는 게 큰 문제였다. 늦가을에 들어설 때 야자수 줄기는 물론 주위 지반에도 볏짚과 부직포를 덮어 보온했다. 적응하지 못하는 묘목도 생겼지만 예상보다 많은 수의 야자수들이 무사히 겨울을 넘겼다. 그렇게 두 해가 지나자 자리를 잡은 야자 가로수들은 원산지 못지않은 속도로 성장했다. 겨울에도 성장만 멈출 뿐 꿋꿋하게 추위를 견뎌 냈다. 삼 년이 지나자 5층 건물 높이로 훌쩍 자란 야자수가 통영의 명물 중 하나로 자리매김했다. 인터넷에 '통영'을 검색하면 야자수를 배경으로 노을의 풍경이라던가 나무 기둥을 껴안은 관광객의 모습이 대표 사진으로 올라왔다. 해당 사업을 제안한 공무원이 포상금을 받고 승진했다는 소문이 돌기도 했다.

그런데 기사가 돌연, 혀를 쯧, 찼다.

"그렇게 사 년인가, 오 년을 잘나가다가, 문제가 생긴 거라."

멋들어지게 뻗어 있던 대추야자 가로수들이 별안간, 고사하기 시작한 거였다. 통영시는 대대적으로 방충 작업을 하고 샘플을 채취해 조사했지만 원인을 밝혀내지 못했다. 온갖 방법을 써도 시들어 가는 가로수에 속수무책이던 통영시는 결국 어린 야자수를 다시 식재하기로 결정했다. 대추야자 모종을 새로 들여 죽어 가는 야자수 사이마다 심었다. 하지만 이전과는 달리 새 야자 가로수는 잘 자라지 못했다. 한두 달이 지나자 큰 야자수들과 같은 현상으로 서서히 죽어 갔다.

수이가 도로변으로 다시 한번 고개를 돌렸다. 올려 보기 까마득할 만큼 장대한 야자수 크기에 반해 끝에 달린 잎은 누렇게 변색되어 초라했다. 줄기째 썩은 모종이나 뿌리까지 파낸 구덩이도 그대로 남아 있었다. 수이는 여태껏 들인 노력이 아깝다는 생각이 들었다.

"야자수가… 갑자기 왜 이렇게 되었을까요?"

택시 기사가 좌우를 번갈아 보며 핸들을 틀었다.

"야자수가… 그런 거 아이겠능교. 여게서 살 수 있는 환경이 딱 고만큼인거."

"그만큼…."

"지가 살 수 없는 곳에 억지로 숨가 놓고, 인위적으로 막! 영양을 들이부으니까 어찌어찌 몇 년은 견뎠겠지. 그래도 그기 그런다고 되나. 태생이란 게 있는데. 새로 숨그는 것도 땅의 양분이 갈 데까지 다 썼고. 시작도 못 한 거지."

잎이 났던 자리가 온전히 시간의 간격으로 쌓여 성장한 야자수는 그 모습 자체로 특이했다. 잎 자리들의 형태는 일정하지 않았는데 어떤 자리는 두터운 갑피처럼 튼튼했고 어떤 잎 자리는 붙어 있는 게 용할 만큼 연약해 보였다.

"내가 이 나이까지 살아 보이 그래요. 원래란 게 있어. 원래 그레 태어나고 원래 그런 사람이고 원래 그런 나무고…. 여 사람들이 이제 와가 공무원 탁상행정 그카는데, 그 공무원도 사업 세우는 게 원래 자기 일이었던 거라. 그 덕에 몇 년 동안 관광 잘되고 도움받았잖아. 그레 치면 공무원도 디…게 잘못한 건 아이거든."

바다 위에 흰 부표가 점점이 떠 있는 게 보였다. 굴 양식장이라고 했다. 삼월 굴이 맛으로는 최곤데 그때는 따뜻한 기온 탓에 독이 올라 못 먹는다고 기사가 알려 주었다. 미륵도로 가는 대교를 지날 때, 난간에 앉아 있는 갈매기 몇 마리가 보였다. 섬을 도는 이차선 순환 도로는 커브가 많아 수이는 때때로 욕지기가 일었다.

택시가 멈춰 섰다. 주낙어선 몇 척이 바라다보이는 회색 빌라 앞이었다. 빌라는 낡은 데다 평수도 작아 보였지만 매순간 다른 표정으로 변하는 남해를 만끽하기에 모자라지 않아 보였다.

별 움직임 없이 뒷좌석에 계속 앉아 있는 수이를 기사가 의아한 눈초리로 보았다. 이윽고 입을 연 수이가 기사에게 부탁했다. 죄송하지만 기사님, 도로 터미널로 좀 가 주시겠어요? 흘긋, 룸 미러로 수이를 쳐다본 기사의 시선이 연이어 바다 쪽을 훑었다. 고개를 끄덕이곤 시동을 걸었다. 택시가 통영 종합 버스 터미널을 향해 움직이기 시작했다.

노인이 보이지 않았다. 초소 안을 들여다보고 근처를 배회해도 찾을 수가 없었다. 101호로 돌아가려는데 어딘가에서 흘러온 냄새가 수이의 주의를 끌었다. 아파트 뒤꼍에서 담배를 피우고 있던 노인은 수이를 발견하자마자 찡그린 표정을 지었다.

"뭐, 또 짐 옮기라구?"

수이는 화단에 굴러다니는 돌 하나를 발로 툭툭 건드렸다.

"아깐 미처 말을 못 했는데…. 내가 허리가 안 좋아요…. 무거운 거 잘못 들었다간 큰일 나."

"네에."

수이는 굴리고 있던 돌을 옆으로 옮긴 후, 또 다른 돌 하나를 끌어왔다.

"그런데요, 어르신. 제 짐은 그렇다 쳐도 출입구 지붕은 치워야 하지 않겠어요?"

"지붕을? 내가?"

노인이 한 손을 들어 크게 휘저었다.

"그런 건 나 혼자 결정할 사항이 아니오. 내일 소장님에게 말하던가. 전에도 회의하고 그랬거든."

"그럼 그때 핏자국은 특수 용역 같은 곳에 맡겨서 청소했나요?"

모자를 벗어 든 노인이 흰머리를 감아 쓸어 올렸다.

"아니, 뭐… 그때는 땅바닥이라 사람들이 지나다녀야 해서… 내가 대충 빗자루로 문지르고 흙 뿌리고…."

이때다 싶어 수이가 목소리를 키웠다.

"그러니까 어르신이 하셔야겠네요, 결국. 지금은 날도 덥고 냄새도 심해질 거잖아요. 아까 경찰이 그러던데 콘크리트에 묻은 핏자국은 바로 안 지우면 오래간대요. 그러지 말고요, 어르신. 제가 도울게요."

"자네가?"

"이사 온 집 베란다에 호스가 있어요. 창문으로 넘기면 출입구 지붕까지 닿겠던데, 세제도 있고, 청소할 솔만 없는데…."

노인은 여전히 답이 없었다.

"어르신도 도와줄 사람 있을 때 처리하는 게 좋잖아요."

노인이 별 답을 하지 않는 것을 확인한 그녀가 서둘러 돌아섰다. 101호로 들어서자마자 베란다로 가 수도꼭지에 걸려 있는 호스를 풀어냈다. 파란 뱀 같은 고무호스가 거실을 가로질러 작은방의 창문을 넘어갔다. 오른편에 장대를 든 노인이 걸어오는 모습이 보였다. 공동 현관 지붕에 올라서기 위해선 계단 통로에 난 창호를 넘어야 했다. 노인이 폴리스 라인을 들고 먼저 건너간 뒤, 수이도 창틀에 걸터앉았다.

경찰의 말이 옳았다. 핏물은 페인트가 벗겨지고 기포 같은 구멍이 무수한 콘크리트 속으로 빠르게 스며들고 있었다. 그새 어느 정도 깊이까지 도달했을지 짐작하기 어려웠다. 수이는 이삿짐 속에서 찾아온 반쯤 남은 세탁 세제를 거꾸로 들어 흔들었다. 점질의 세제 액이 무겁게 덩어리지며 떨어졌다. 카악, 퉷. 가래침을 뱉은 노인이 솔이 달린 장대를 들어 바닥을 문지르기 시작했다. 쉐액. 쉑.

"거기, 빗자루 하나 더 있소."

수이는 아무렇지도 않게 플라스틱 빗자루를 잡았으나 쉽사리 움직이지 못했다. 수거하지 못한 살점과 뇌수가 곳곳에 남아 있는 게 보여서였다. 단지 처리해야 할 오물에 불과하다고 되풀이하면서도 주변만 맴돌았다.

"죽으려면 알아서 좀, 가던가. 애먼 사람 고생시키는 건 뭐여."

수이가 빗자루를 고쳐 잡으며 물었다.

"잘… 아시는…?"

"알기는, 겨울에 보일러 터졌을 땐가, 한 번 봐줬지. 그때도 사람 성가시게 하더니."

아파트 담벼락에는 '재개발 결사반대'라고 쓰인 현수막과 '재개발 추진 협의회' 간판이 나란했다. 와, 비눗방울이다아. 머리 위 어디에선가 아이의 목소리가 들려왔고 수이가 고개를 들었을 때는 엄마로 보이는 여자가 잽싸게 창문을 닫는 중이었다. 노인이 한숨을 쉬었다.

"재개발만 되면 인생 역전이라고들 하지만, 그게 언제 될지. 이런 외곽 아파트는 시공사 찾기도 힘들 거라더만…. 죽은 아줌마라고 여기서 이렇게 인생 끝날 거라 생각했겠냐고…."

수이의 콧잔등을 타고 땀 한 방울이 떨어졌다. 등 한가운데 골에도 미지근한 땀줄기가 흘렀다. 남아 있지 않은 체력에다 습기 가득한 더위까지, 수이는 점점 기력이 빠져나가는 걸 느꼈다. 빨리 이 상황을 끝내는 것만이 최선이라는 생각이 들었다. 빗자루를 고쳐 잡았다. 핏자국의 중심부를 향해 문질렀다. 쉐엑, 쉑. 두 사람이 바닥을 청소하는 소리가 고요한 동진 아파트 이곳저곳에 울려 퍼졌다.

마침내 노인이 허리를 일으켰다. 빠진 곳이 없는지 살펴보곤 수이를 재촉했다. 물, 물! 호스를 든 수이가 레버를 당겼고 분홍색 세제 거품 위에 떨어진 물줄기는 얕은 시냇물처럼 흘렀다. 거품과 땟물이 한데 섞여 배수구 쪽으로 빠져나가는 건 꽤 시간이 걸리는 과정이었다. 하지만 뚫어져라 쳐다본 수이의 기대와 달리 핏자국은 말끔하게 사라지지 않았다. 희미해졌을 뿐 세 갈래의 형태가 충분히 눈길을 잡을 만큼 남아 있었다. 수이는 아파트 상가를 들러 표백제를 사 오지 않은 걸 새삼 후회했다. 아이구우. 노인이 장대를 팽개쳤고 수이 또한 아무 말도 하지 않았으나 같은 심정이었다.

"일단 오늘은 이 정도만 하구, 나 지금 딴 볼일 봐야 해서."

노인이 발을 굴러 구두에 남은 거품을 털어 냈다. 수이는 흠뻑 젖은 자신의 컨버스를 바라보다 어쩔 수 없다는 듯 수긍했다. 노인이 창호 쪽으로 걸어가다 말고 고갯짓을 했다.

"저건 어쩔 거요?"

폴리스 라인에 걸려 있는 식탁보는 그새 핏물이 더 번져 온통 붉었다. 겨울이 끝나고 봄이 오는 사이, 적응하지 못하고 꽃송이째 떨어진 동백 같았다. 고민하는 수이 곁으로 탄내 섞인 바람이 불어왔다. 수이는 고개를 빼서 연기가 올라오는 지점을 내려다보았다. 초소 앞 드럼통 안에는 형태를 알 수 없는 물체들이 가득했는데 그 한가운데 작은 불꽃이 피어나고 있었다.

"죄송하지만 좀 태워 주시겠어요?"

노인은 고개를 끄덕이고 식탁보를 들어 동그랗게 말았다. 창틀을 넘은 다음 출입구 쪽으로 내려갔다. 수이는 지붕 난간에 걸터앉아 잠깐 숨을 돌리기로 했다. 초소 앞에 도착한 노인이 녹슨 드럼통 안으로 식탁보를 던져 넣는 모습이 보였다. 푸른 불꽃이 먹이를 받아먹은 듯 되살아나 통 밖으로 튀어 올랐다. 드럼통 곁에 선 노인이 긴 장대로 뒤집거나 들어 가며 불길을 도왔다.

터치맨

오금 안으로 손바닥을 넣어 무릎을 든다. 두 시 방향. 왼손으로 바꾸어 무릎을 지탱하고 오른 손바닥을 지그시, 너무 갑작스럽지도 조심스럽지도 않게 허벅지에 댄다. 급하게 들어가면 근육이 꿈틀, 신호가 오고 신체가 긴장하여 굳는다. 수증기와 열로 기껏 풀어 놓은 근육이 도루묵이 되면 낭패다. 표피의 털을 간질이듯 들어가면 그것도 실패다. 인체는 세심해서 미묘한 차이에도 전혀 다른 정보를 뇌에 전달하기 때문이다. 지나친 조심스러움이 에로틱으로 치부될 수 있는 까닭이다.

처음 접촉을 성공적으로 시작했으면 다음 신경 쓸 대상은 압이다. 이때는 속도가 관건인데 이십 킬로는 감질나고 팔십 킬로는 너무 빨라 짜증 나기 쉽다. 오십에서 육십 정도, 이제 시작하는구나라고 감지하는 최적의 속도다. 팔을 지렛대 삼아 상반신을 천천히 기울여 손바닥에 무게를 싣는다. 몸무게를 이용해야 눌리는 느낌이 맵지 않다. 팔 힘으로만 눌렀다간 단박에 "아야!"가 튀어나온다. 심연의 바다로 잠수하듯, 산소 방울을 올리며 가라앉는 느낌으로…. 그렇게 바닥에 도달했다 싶을 때 멈춘다. 여기까지 성공하고 나면 반은 끝난 것이다.

다시 천천히 상반신을 세우며 무게를 덜어 낸다. 여기서 고수와 하수가 갈린다. 하수는 손을 옮길 때, 바로 떼는 실수를 범하거나 속도를 조절하지 못한다. 대부분 너무 빠르다. 고수인 나는 열의 하나 정도 무게가 남아 있는 상태에서 자리를 옮긴다. 그러곤 조금 전의 속도와 맞춘다. 누워 있는 신체는 비로소 안도감을 느낀다. 여기서 다시 반전. 같은 방법으로 네 번 반복하여 허벅지 안쪽 근육을 끝내면 고수요, 세 번째부터 약간의 속도를 더 내면 최고수다.

익숙한 리듬을 타고 나면 내 손은 성기에서 딱 주먹만큼의 아래에 머물러 있다. 이때쯤 신체는 반사적으로 얼어 버린다. 평균적으로 그렇다는 얘기다. 가끔은 더 오라는 듯 슬그머니 무릎을 들어 사타구니 쪽으로 유도하는 고객도 있다. 그럴 때면 재빨리 손을 떼 버리는 게 수다. 괜히 버티다가 팔꿈치가 기울어 축축한 어느 곳에 얼굴을 박을 수도 있으니까. 정성스럽게 지탱하고 있던 왼손으로 다시 무릎을 잡아 구부리고 있는 다리를 펴 준다. 다음은 허벅지 바깥쪽, 대둔근 차례.

"내가 다니는 정신과 의사도 한번 와야 한다니까. 내가 어제도 입이 근질근질한데, 저 무시한다 그럴까 봐 참았다, 진짜."

"또 병원 다녀오셨어요?"

"그럼 어뜩해…. 사흘을 뜬눈이었는데. 이젠 약발이 받지도 않아. 어제는 대가리만 몽롱한 게 잠깐 눈을 붙였다 싶어도 오 분 만에 깨더라. 오죽하면 금요일에 내가 여길 왔겠어?"

닷새 만에 마사지를 받으러 온 본네일 사장이 검은색 토트백 속에 손을 넣어 뒤적거렸다. 언젠가 동대문에서 운 좋게 일급 유통업자를 만나, 이십오만 원에 건졌다던 짝퉁 프라다 가방이었다. 경쾌하게 지퍼를 여는 소리가 나고 큐빅이 여러 개 박힌 손톱 사이로 오만 원권 두 장이 딸려 나왔다. 나머지는 팁! 블라우스 앞섶 너머 봉긋한 젖가슴이 들여다보였다. 쇄골 아래, 부어오른 검보라색 멍도 드러났다. 나는 못 본 척 시선을 돌리고 우렁차게 인사를 했다. 조심히 가십쇼!

여자 탈의실 안으로 들어갔다. 개인용 사우나기의 돔을 열어젖혔다. 핑크색 대형 수건이 풍성한 여체의 형태를 따라 젖어 있다. 수건을 빨래 바구니에 뭉쳐 넣자 농익은 쉰내가 피어올랐다. 샤워실로 들어가 거울장을 열고 헌 칫솔을 꺼냈다. 수채 망 사이를 긁어 찌꺼기와 털 몇 오라기를 건졌다.

"여자 쪽은 내가 한다니깐!"

별안간 욕실 안에 울리는 목소리에 놀라 바닥에 풀썩 주저앉고 말았다.

"놀래라, 새꺄. 언제 왔어?"

희주는 나를 흘겨보더니 샤워기를 잽싸게 뺏었다. 나는 희주의 손에서 가볍게 흔들리고 있는 비닐봉지를 바라보았다. 1층 분식집에서 사 온 김밥과 튀김이구나.

"오전인데, 손님이 있었어?"

일회용 나무젓가락을 건네며 희주가 물었다.

"주 사장."

"평일인데, 네일년이 왔었다고?"

"또 잠을 못 잤나 보더라고. 그리고 네일년이라 하지 말랬지."

"네일년더러 네일년이라지, 헤어년이라 그래?"

"너, 그렇게 조심성 없이 굴다간 한 번은 실수한다."

"실수해 봤자 잘리는 것밖에 더 있어? 돈 수억 주는 데도 아니고. 내가 유부남에 빌붙어 사는 년 눈치까지 봐야 해?"

나는 뭐라고 더 한마디 하려다 입을 다물었다. 그래, 열여덟 살이니까. 열여덟은 열여덟이어서 생각하는 기준이 있을 테니까. 그 나이만 몰입하는 뭔가가 있고 겪는 우여곡절이 있을 테니까. 내가 열여덟 살 땐…, 십일 년 전인데 도무지 기억나지 않았다.

나오는 대로 뱉는 말버릇 때문에 아슬아슬한 적이 많았으나 희주는 거부할 수 없는 매력이 있는 아이였다. 일주일 전엔가도 그랬다. 한 달에 한 번 정기적으로 들르는 중년의 남자 고객을 맡아 마사지를 시작한 희주가 돌연, 빨리요, 빨리! 소리를 내며 그의 등을 밀었다. 남자는 얼굴이 벌건 상태로 혼잣말을 중얼거리며 탈의실로 들어갔다.

나는 황급히 희주에게 다가가 이유를 물었다. 그랬더니, 그 손님에게서 발 냄새가 나길래 씻고 오라고 했다는 거였다. 얼굴에 열기가 훅, 몰려왔다. 기어이 사달이 난 것이다. 부모뻘의 손님에게 새파란 여자애가 망신을 줬으니. 하지만 남자는 당황한 표정을 지으면서도 화를 내거나 고함을 지르지 않았다. 오히려 순한 양처럼 희주가 시키는 대로 마사지를 받았고 팁을 얹어 계산한 다음 이후에도 들러 희주만 찾았다.

또 잔소리라고 말하는 희주의 표정이 뾰로통했다. 정색하고 타이르는 내 말에 꼰대라면서도 꽤 신경을 쓰는 눈치 같았.

"병원에선 뭐래?"

흘린 김밥 조각을 모으며 생각난 김에 물었다.

"허리?"

"허리? 허리도 아파? 몸살 났다지 않았냐?"

"아… 오늘은 허리까지 뻐근해서. 괜찮대. 약 먹으면."

남은 김밥을 욱여넣으며 말하는 희주를 바라보다 물컵을 건넸다. 한 다리를 세우고 다소곳이 앉아 있는 자세가 바로 조금 전 되바라진 말투로 받아치던 모습과 상반되어 웃음이 나왔다. 희주는 그런 내 행동에 입술을 뾰족하게 모으더니 컵을 빼앗아 가져갔다. 앉은뱅이 상을 접고 거칠게 구석에 세웠다. 돌아선 희주의 트레이닝 바지가 늘어나며 동그스름한 엉덩이의 형체가 드러났다.

희주는 상체가 마르고 하체는 통통한, 전형적인 동양 여성의 체형이었다. 본인은 촌스러운 비율이라며 불만을 토로했지만 나는 아담한 그녀의 키와 잘 맞는 밸런스라고 생각했다. 젖가슴은 작은 밥공기만 했어도 가는 허리와 살짝 크다 싶은 골반으로 이어진 확실한 곡선을 가지고 있었다. 나는 그런 여자의 몸이 좋았다. 이 일을 하다 보면 늘씬하고 옷을 걸치기에는 좋지만 굴곡 없는 몸을 가진 여자들이 의외로 많았다. 그녀들의 근육은 마르다 만 오징어 같았고 나이 여하를 막론하고 손에 닿는 감도가 좋지 않았다. 그리고 예외 없이 불만과 스트레스가 많았다. 나는 작고 탄탄한 희주의 몸을 만지며 에너지를 보충하곤 했다. 그러다 십중팔구 관계로 이어졌는데 그럴 때면 한쪽 귀를 열어 두고 가능한 한 짧게 끝냈다. 들킬 뻔했을 때도 숙직실의 잠금장치와 유니폼의 고무줄 허리 덕에 사고가 난 적은 없었다.

내가 티슈로 반쯤 말라붙은 정액을 닦는 동안 희주가 숙직실의 창문을 열었다. 시큼한 욕구의 흔적이 좁은 공간을 벗어나 자유롭게 날아갔다.

"오빠, 오빠. 일어나 봐."

나는 꿈에서 새내기 대학생이었기 때문에 깨어나고 싶지 않았다. 도서관에 앉아 있는 것도, 강의를 경청하고 있는 것도 아닌 대학은, 적절한 매뉴얼이 존재하는 놀이공원 같았다. 재미와 안전을 보장해 주는, 회전목마 같은 그런.

"일어나 보라니깐, 오빠. 빨리!"

육체는 직감적으로 반응했다. 웬만해선 당황하는 일이 없던 희주의 다급한 목소리를 듣자 눈이 번쩍 뜨였다.

"맹인들이 왔어, 거기 있잖아. 나드리 관광."

아, 나드리 관광 호텔. 부부 시각장애인이 안마사로 일한다는. 여기 왔다고? 이미 저장해 놓은 기억이 있어서일까. 여러 가지 시나리오가 머리를 스쳤다.

견습 때, 미리 알아 두라며 고참이 불러 해 준 얘기가 있었다. 스포츠 마사지 센터가 개업한 지 얼마 지나지 않아 시각장애인들이 연합회의 이름을 걸고 몰려왔던 사건이었다. 그때 꽤 시끄러웠다고 했다. 약간의 집기도 부서지고 경찰까지 출동할 정도로···.

가슴이 답답해져 왔다. 어떡하지? 지금 이곳엔 연약한 희주와 나뿐인데. 생뚱맞게 카운터 구석에 선 빨간 미니 소화기가 눈에 들어왔다. 저걸로 어떻게 해 볼까. 그냥 휘둘러? 나는 희주를 향해 사장에게 연락하라 이르고 머리를 정리하며 나섰다.

맞은편 대기실 소파엔 검은 안경을 쓴 남자와 쓰지 않은 여자가 앉아 있었다. 곁에는 예닐곱 단으로 접은 안내봉 두 개가 오랜 동반자인 양 자리해 있었다. 일단, 실력 행사하러 온 건 아닌 것 같아 안도감이 들었다. 나는 그들의 맞은편으로 걸어가 조심스레 앉았다. 조심히 앉을 필요까지는 없는 거였지만 소리에 민감한 그들이니 내 행동도 꿰뚫어 보지 않을까 싶어서였다. 몸을 돌려 문자를 보내고 있는 희주에게 위엄 어린 목소리로 지시했다. 마실 것 좀 가져오지. 그러면서 나는 마실 게 담긴 컵이 나오면 저들의 손을 다정히 잡고 인도해 주어야 하는 걸까 생각했다. 남자는 한 손으로 탁자의 모서리를 쥐고 있었는데 마디가 굵고, 손끝이 곤봉처럼 둥글었다. 갑자기 나는, 나도 믿을 수 없을 만큼 과감한 시도를 감행했다. 고개를 숙여 탁자 밑으로 내려가 남자의 엄지를 살펴본 것이었다. 기형적으로 크고 과신전 되어 있는 엄지. 지압을 많이 사용했음을 증명하는 손이었다.

"연락하지 않고 온 것은, 실례합니다."

남자의 음성은 탁하고 낮았다.

"예. 무슨 일로 오셨습니까."

남자가 잠시 입을 다무는 동안 나는, 시각을 제외한 모든 감각을 총동원해 이 장소를 탐지하고 있는 그를 느낄 수 있었다.

"저기, 그러니까, 여기 얼마 전부터 동진 건설 대표님께서 오시지 않나요?"

누가 오든 동진 건설 대표인지 알게 뭔가 싶었는데, 떠오르는 사람이 있었다. 한 달 전부터 뻔질나게 들르는, 머리가 반쯤 벗겨지고 배가 나와 누가 보기에도 사업하는 태가 났던 놈. 사장이 특별히 산양삼 달인 물을 대접하며 신경을 쓰는 눈치였다. 건설 쪽 사람들이 마사지 받는 것을 좋아하는 데다 오너이니 줄줄이 딸려 오는 것은 시간문제라며 유난 떨던 기억이 났다. 하지만 나는 그자가 마음에 들지 않았다. 올 때마다 희주에게 자꾸만 몇 살이냐고 물었고 보수를 얼마 받는지도 물었다.

"그건 모르겠는데요. 왜 그러시죠?"

"그게, 그쪽이, 여기 사장님은 아니시죠?"

"예. 직원입니다."

"예. 그러니깐, 원래는 그분이 저희 최고 단골이셨거든요…."

최고 단골이란 말은, 최고의 매출을 올려 주는 단골이란 뜻인가. 최고로 사회적 지위가 높다는 걸까.

"그분이 얼마 전부터 우리 쪽에 발길을 끊으셨어요. 알아보니까 이쪽으로 바꾸신 것 같아서…."

이건 내가 감당해야 할 짐이 아니다. 희주를 보았다. 고개를 젓는 것을 보니 사장놈이 또 나 몰라라 하는 듯했다.

"그분이 오셨었는지는 모르겠지만, 그렇다고 해도, 이렇게 찾아오신 이유를 모르겠습니다."

"그게, 선생님도 월급 받고 수당 받고 일하시지 않나요?"

"…."

"우리도 그렇습니다. 기본금은 있는데, 그것도 어느 정도 인원수를 채워야 하는 것이고, 액수도 말이 안 되는 것이고, 그나마 개인수당이 얹어져서 밥 먹고 삽니다."

이건 진짜 안 좋다. 내가 하소연을 들을 처지는 아닌데.

"동진건설 회장님이 저희 수입의 반이 넘습니다. 데리고 오는 사람들도 많고 자주 오시고……."

"하고 싶은 말씀이요?"

"우리 집이 애가 둘인데, 딸은 중학생이고 아들은 육 학년인데, 안사람까지 보이지 않으니 다른 벌이를 못합니다. 이 짓도 자리가 많지 않아 언제 밀려날지도 모르구요."

"여보세요."

"어차피 그쪽은 사업자도 아니시고 아직 젊은 것 같은데, 다른 손님을 잡을 수 있지 않습니까? 우리는⋯ 우리한테 안마 받는 사람들이 많지 않습니다. 장애인이라 새 고객이 잘 생기지 않아요."

희주가 눈치를 보며 테이블 위에 종이컵을 내려놓았다. 움직임 없이 남자 옆에 앉아 있던 여자가 가볍게 손을 들었다. 여자는 소란스럽게 탁자 위를 더듬거리는 대신 단 한 번의 손짓으로 종이컵을 짚었다. 미끄러지듯 컵의 주둥이를 따라 돌고 완숙하게 잡아 입으로 가져갔다. 나는 그녀가 섬세한 안마사이리라 확신했다.

"그건 고객의 선택이지, 제가 결정할 일이 아닙니다. 방법도 없구요."

"거야 아무래도⋯ 그러니까, 그 회장님은 워낙 해외에서도 별의별 안마를 다 받아 본 분이라 조금만 차이가 나도 귀신같이 압니다. 선생님께서 그만큼 실력이 좋다는 말도 되지만⋯ 그러니까⋯ 조금만 성의가 없어졌다 싶어도 발길을 돌리는 분이지요."

희주가 타 온 인스턴트커피를 한 모금 마셨다. 뜨뜻미지근했다.

"제 마음대로 되는 일도 아니구요. 일부러 그런다는 것도 말이 안 되구요. 제가 그럴 이유도 없습니다. 이 업을 하는 사람으로서 모욕적인 요구입니다, 그건."

남자는 입을 다물었다. 잠시 후, 내려앉은 목소리로 말을 이었다.

"얼마나 배우셨습니까?"

"예?"

"스포츠 마사지라고 하지요, 댁네 말로는? 얼마나 배우셨어요? 한 달? 석 달은 됩니까? 우리는 맹인 학교에서 얼마나 배우는 줄 아십니까? 삼 년입니다. 삼 년을 수료해야 안마사 시험을 칠 자격이 주어집니다. 시험은 또 얼마나 어려운 줄 아십니까? 거기서도 숱하게 떨어집니다. 그렇게 자격을 취득하고 겨우 몇 사람만 일할 자리를 얻습니다."

입 안에서 맴도는 말을 뱉어야 할지 망설여졌다. 사장의 얼굴과 희주의 얼굴이 식은 커피 잔 안에 떠다녔다. 나는 이곳에서 돈을 벌고 숙식을 해결하고 비록 허울뿐이지만 공부도 한다. 심지어, 성욕까지 해결한다.

"그거야… 안 보이니까요."

미친 스포츠 마사지사 새끼.

"뭐라구요?"

"안 보이잖아요. 안 보이니까 삼 년이 걸린 거고 볼 수 있는 사람은 삼 주로 충분하지 않겠어요?"

그때, 그러니까 내가 화살을 쏘아 앞이 보이지 않는 두 사람의 심장을 정확하게 맞추었을 때, 엉뚱하게 희주의 안색을 살핀 이유는 무엇이었을까. 카운터에서 조용히 대화를 듣고 있던 희주의 표정은 언젠가 길에서 떠도는 개를 마주했을 때의 반응과 비슷했다. 보호소에서 안락사 될 수밖에 없는 유기견을 안타까워하면서도 데려갈 수 없는 현실에 낙담하던 아이.

나는 침을 삼키고 더 이상 들어 줄 의향이 없다는 듯, 의자 다리를 바닥에 거칠게 긁으며 일어섰다. 다음을 위해 미리 못 박아야겠다는 생각도 들었다.

"앞으로 이런 일로 찾아오지 마세요. 다음에도 이런 일이 생기면 호텔 쪽에 알리겠습니다."

여자가 천천히 안내봉을 조립하기 시작했다. 나는 그녀가 저것을 길게 만든 다음 나를 향해 휘두르는 것은 아닐까 경계했다. 하지만 여자는 완성된 봉을 바닥에 짚고 더디 일어날 뿐이었다. 돌아서는가 싶던 여자가 처음이자 마지막으로 입을 열었다. 호텔에서 우릴 보냈어요.

군대를 다녀와 시작한 첫 아르바이트는 시작도 하기 전에 냉랭한 현실에 부딪쳤다. 성적이 딱 중간이라는 고1 학생의 어머니는 어떻게든 그럴듯한 수도권 대학에 아들을 넣고 싶어 했다. 한 단계씩만 성적을 올리자고 제안하자 곧바로 그녀의 눈초리가 매서워졌다.

그녀가 접한 주변의 예시로 보았을 때, 나는 모자란 실력으로 핑계만 늘어놓는 일개 아르바이트생인 거였다. 탁월한 집게 실력을 발휘하여 수능식 문제 풀이에 단련시켜 주길 바라는 염원과 내 능력은 거리가 멀었다.

알바몬과 알바천국 구인란을 검색했다. 고수익을 늘어놓는 구인 글을 빼고(치명적인 단점이 있을 테니) 힘들지 않다는 공고도 배제했다(분명히 치명적인 단점이 있을 테니). 그럼에도 고수익과 편하다는 내용이 포함된 문구가 눈에 들어온 이유는 '숙식 제공'이라는 유혹의 단어 때문이었다. 나는 당분간 복학하지 못할 가능성이 농후했고, 살 방을 알아봐야 했으며, 취직하기 위한 시험공부를 시작해야 할지도 몰랐다. 해당 내용의 상당 부분이 과장이라 해도 선택의 여지가 없었다.

힐링 스포츠 마사지 센터는 개업한 지 육 개월 된 곳이었고 성 뒤에 선생이란 직함을 붙여 서로를 부르는 사람들이 북적거리는 곳이었다. 선생들은 남색의 반팔과 반바지의 유니폼을 입었고, 왼쪽 가슴에 본명인지 가명인지 모를 이름표를 달고 있었다. 내가 출입문을 열었을 때, 서너 명의 사람들이 직원과는 또 다른 색의 유니폼을 입고 구멍이 뚫려 있는 간이침대에 엎드려 있었는데, 조금 충격적이었던 모습은 한눈에 보기에도 왜소한 여자가 자신의 두 배쯤 되는 남자의 등을 힘겹게 누르고 있는 거였다. 어느 중국 영화에선가 보았던 장면이 따라 생각났다. 늙고 두툼한 남자의 다리를, 꺾어질 듯 가는 손목의 어린 소녀가 주무르던 장면이.

힐링 스포츠 마사지 센터 사장은 어떤 느낌인지 다 안다는 표정으로 자리를 권했다. 마사지하는 거, 괜찮겠어요? 놀란 눈빛으로 이력서를 들여다보던 그가 물었다. 나는 잠시 뜸을 들이다, 숙식이 제공된다고… 하며 되물었고 사장이 말을 끊고 답했다. 아아, 그거? 그렇죠. 주간에 일하고 밤에 숙직실에서 자거나, 낮에 자유롭게 지내고 나이트를 뛰어도 되고. 그가 다부져 보이는 사각턱을 내밀어 아래위로 훑더니 손을 보자고 했다. 아, 이것이 이 세계의 면접 방법이구나. 그런데, 내 손이 어떻게 생겼더라? 앞뒤로 손을 꼼꼼하게 살피던 사장의 얼굴이 환하게 펴지는 걸 보고서야 안심할 수 있었다.

다음 날부터 나는 사장에게 스포츠 마사지란 걸 배웠다. 저녁땐 협회에 나가 스포츠 마사지사 1급 자격증 대비 수업을 들었다. 정해진 코스만 따라가면 자격증 취득 시험을 칠 수 있었는데 실기 시험을 심사하거나 자격증을 수여하는 곳도 같은 협회였다. 꽤 많은 수강료를 지불해야 가능한 일을 어찌 된 일인지 전액 사장이 부담했다. 나는 그것이 흔치 않은 특혜였음을 훨씬 후에야 동료들의 귀띔으로 알았다. 사장의 앞선 투자는 내가 그만두고 싶은 마음이 생길 때마다 발을 묶기 위한 수단으로 활용되었다.

소위 스포츠 마사지업이란 게 답이 안 나오는 시스템이라고 느낀 건 일을 시작한 지 서너 달 지나서였다. 마사지를 맡은 고객이 지불한 수수료의 사십 퍼센트를 받아 가는 시스템. 인기가 많은 직원은 계속 손님을 받았지만 대부분 단체 고객이 아니면 일을 할당받지 못했다. 열두 시간을 상주해도 최저 임금만큼 가져가지 못하는 직원이 태반이었다. 업주는 신경 쓰지 않았다. 누가 일하건 자신에게 들어오는 지분은 같았으니까.

그렇게 일 년이 지나고 스포츠 마사지를 포기하는 사람부터 운영하는 것이 실속 있다고 판단해 독립한 사람, 다른 센터로 옮긴 직원까지 생기자 이억을 넘게 들여 리모델링했다는 힐링 스포츠 마사지 센터는 점차 을씨년스럽게 변해 갔다. 혼자 밤을 지키는 날도 늘었는데 그럴 때마다 나는 종종 그만둔 마사지사들이 센터 안을 유령처럼 걸어 다니는 것 같은 착각에 빠지기도 했다.

그때쯤이었나. 사장이 내게 모종의 지시를 내렸다. 나는 그때 처음, 도움이 필요한 십 대에게 손을 내미는 '헬퍼'라는 존재를 알게 되었다. 은밀히 활동하는 헬퍼 커뮤니티에는 주로 중년에서 노년의 남자들이 도움을 요청하는 청소년들을 기다리고 있었다. 간단한 요깃거리를 사 먹을 수 있는 쿠폰이나 현찰을 주는 것으로 시작이었다. 어떤 헬퍼는 여중생을 만나 뷔페까지 데려갔는데 먹튀를 당했다고 하소연을 늘어놓기도 했다. 청소 같은 단순한 일만 맡기며 숙식도 제공하는 마사지 센터 헬퍼에도 십 대들은 적지 않은 호기심을 보였다.

희주를 데리러 간 날, 삐뚜름한 자세로 횡단보도 앞에 서 있는 그녀의 모습에 나는 눈을 떼지 못했다. 아치를 그리고 있어야 할 경추는 정수리를 뽑아 올린 것처럼 일자였고 다소 측만인 척추를 따라 왼쪽 골반마저 틀어져 있었다.

나는 사람들의 뒷모습에서 생각보다 많은 사실을 유추해 낼 수 있는 것에 놀라곤 했다. 거리를 걸을 때도 행인들의 몸을 관찰하는 게 취미가 되었다. 중년의 여자는 물론 젊은 남자도 척추가 굽어 있기 일쑤였고 학생들은 책상에 오래 앉아 있다 보니 척추가 뒤로 휜 거북목이 수두룩했다.

희주가 돌아보았을 때, 앙증맞은 코가 가장 먼저 눈에 들어왔다. 눈썹은 짙었고 그 아래 눈은 쌍꺼풀이 없어 가로로 길었다. 머리카락 끝이 오래된 칫솔만큼이나 삐죽삐죽 갈라서 있었다. 희주는 모든 방어적인 동물이 그러하듯 어깻죽지를 말아 상체를 웅크리고 있었다. 나는 휴대폰에 저장된 학생증부터 보여 주었다. 뚫어져라 살펴보던 그녀가 물었다.

"오빠, 정말 고대 다녀요?"

"휴학 중이야."

나는 이럴 때마다 캠퍼스를 구분해 얘기할 필요가 없다는 걸, 다니던 학과가 입시 때 처음 생긴 전공이라 경쟁률이 낮았다는 걸 얘기할 필요가 없어서 좋았다. '휴학'이란 타이틀도 쓰임에 따라 다양하게 사용할 수 있어 요긴했다.

희주는 가출한 지 삼 년째였다. 일할 수 있는 편의점을 찾아 근방을 배회하다 헬퍼 커뮤니티를 찾아본 거였다. 집에 들어갈 생각은 없니, 하고 물었으나 대답하지 않았다. 돈가스집에서 나온 음식들을 거의 다 비웠을 때쯤, 들어갈 생각이 없는 게 아니라 들어갈 수 없는 거라고 알려 주었다. 센터로 따라 올라와 둘러보던 그녀가 갈등에 휩싸이는 게 환히 보였다. 냉난방이 구비된 숙직실과 작은 부엌까지…. 떠도는 데 지친 십 대에겐 더없이 안락해 보였으리라.

곧 죽어도 여자한테 마사지를 받고 싶어 하는 남자 손님들 때문에 골머리를 앓던 사장은 대놓고 기뻐했다. 나는 한 달 동안 대기실 소파에서 잤는데 차라리 관계를 트고 한방에서 자는 것이 마음 편하겠다고 얘기를 꺼낸 건 희주였다. 그녀는 군대 가기 전 잠깐 사귄 여자와의 경험밖에 없던 나보다 능숙했다. 나는 별 상관하지 않았다. 사장도 우리 상황을 짐작했을 테지만 알은체하지 않았다.

"난, 또 뭐라고…. 자유 경제 사회에서 어따 대고 협박질이야. 지네는 유신 때 법 가지고 이때까지 우려먹으면서. 고발하기만 해 봐. 나도 고발해 버리면 되지. 대놓고 이차 장사나 하면서 말이야."

나드리 관광 쪽의 방문을 보고받은 사장은 대단한 정의라도 실천할 것처럼 목소리를 높였다. 하지만 서슬 퍼런 고함의 이면에는 불안을 해소한 안도감이 높은 선반 위로 도망친 고양이인 양 나타나 있었다.

"아, 그리고 말야. 저녁때 여자 하나 면접 갈 거다."

"여자요?"

"그래…. 야간에 할 여자야. 보수는 대충 얘기해 놨고. 나이는 좀 있는데, 무조건 일은 시킬 거니깐. 그냥 내일부터 한 사흘 가르치고 시작해."

"사장님, 사흘이요?"

"그냥 하라니까. 야간에 일할 여자라잖아."

사장은 최근 뻔질나게 나인 스포츠 마사지를 입에 올렸다. 개업 당시 열 명의 여성 마사지사가 준비되어 있다는 점을 대대적으로 홍보한 경쟁 숍이었다. 우리도 결국 그곳 방식을 따라가는 수밖에 없다며 사장은 나를 구슬려 들었다. 야간 영업이 죽을 쑤고 있는 지가 오래전이었고 그나마 주간에 오는 단골 위주로 버티는 중이었으니.

요기나 하려고 원탁을 펴는데 차임벨이 울렸다. 동진 건설 회장이 출입문을 열고 들어섰다. 안내하려는데 손을 휘휘 저어 거부하곤 탈의실로 들어갔다. 유니폼을 갈아입고 나오더니 둘러보며 말했다.

"오늘은 미스 박한테 받으려구."

외출해서 언제 올지 모른다는 핑계를 대도 기다리겠다는 답이 돌아왔다. 때맞춰 벨이 울리고 동진 회장의 눈이 입구 쪽으로 내달렸다. 지랄, 더 있다 올 것이지. 붕어빵이 든 봉투를 건네며 희주는 야무진 어조로 내 염려를 일축했다. 내가 알아서 할게. 손바닥에 핸드크림을 문지르고 베드로 걸어간 그녀가 물었다. 특별히 아프신

곳, 있으세요? 사장은 멀찌감치 서 있는 내 쪽을 쳐다보더니 오른손으로 제 다리를 툭툭 쳤다. 그가 짚은 곳은 사타구니와 허벅지 안쪽 사이였다. 희주의 낭랑한 목소리가 센터 내 공기를 흔들었다. 네, 무릎요! 영특한 아이라고 생각하며 나는 숨을 몰아쉬었다.

희주가 마사지하는 사이, 나는 시트와 유니폼을 세탁기로 옮겼다. 한 번씩 동진 회장이 말을 거는 소리가 들렸지만 희주가 길게 대답하는 것 같지 않아 걱정하지 않았다. 단지 베드에 엎드린 동진 회장의 상체가 거슬리긴 했다. 꽤 오랜만에 들른 그는 달라져 있었다. 관리할 거라며 호텔 헬스장 회원으로 등록했다더니 배도 홀쭉해지고 제법 탄탄한 근육이 자리 잡은 듯했다.

샤워실 정리를 끝내고 여자 화장실 비품을 채워 넣고 있을 때였다. 황급히 뛰어 들어온 희주가 부리나케 소리를 질렀다. 나가! 어안이 벙벙해진 나를 돌려세우는가 싶더니 기어이 밀어 쫓아냈다. 나가! 나는 두루마리 휴지를 손에 든 채 화장실 앞에서 귀를 기울였다. 설사라도 맞은 건가. 그러다가 번뜩 떠오르는 생각이 있었다. 동진, 이 새끼가! 주먹을 세워 세차게 문을 두드렸다.

"희주야, 왜 그래? 응? 저 새끼가 무슨 짓 했어?"

희주는 대답하지 않았다. 몹시 괴로운 듯 낑낑거리더니 속을 게워 내는 소리가 들렸다.

"희주야! 희주야아! 문 좀 열어 봐!"

"오빠, 그만해, 다 듣겠어."

희주는 꽤 시간이 흐른 후에야 문을 열고 나왔다. 안색이 덜 익은 참외처럼 푸른빛이었다.

"너 괜찮아? 저 새끼가 무슨 짓 한 거야?"

"그런 거 없어, 오빠. 갑자기 위가 아파서 그래."

거듭 말렸으나 그녀는 돌아가 마사지를 끝냈다. 동진 회장은 불만족스러워하지 않았다. 화장실에서 울린 소리를 듣지 못했을 리 없지만 어쨌건 나에게도 희주에게도 별말 하지 않았다. 동진 회장이 돌아간 뒤 희주는 숙직실에 들어가 내처 잠들었다. 이마를 짚어 보니 미열이 있어 타이레놀을 꺼내 주었다. 오후 늦게서야 숙직실에서 나온 희주는 멀쩡하다며 웃어 보였다. 걱정시킨 값을 보상하겠다는 듯 진공청소기를 밀며 센터 이곳저곳을 활보했다.

"저렇게 옥상에 널면 보송보송하게 잘 마르겠다."

희주가 창문 밖을 내려다보고 있었다. 4층 상가 건물의 옥상에는 젊은 여자가 장대를 세워 만든 줄에 빨래를 너는 중이었다. 하얀 티셔츠와 꽃무늬 이불이 나부끼는 사이로 예닐곱 살 되어 보이는 사내아이가 쉬지 않고 뛰어다녔다.

"지난주인가, 4층 주택에 이사 오던데, 그 사람들인 모양이네."

그래? 희주가 창밖에서 눈을 떼지 않고 답했다. 골목에 주차된 승용차들 때문에 사다리차가 진입하지 못해 애를 먹고 있었다. 상가 앞에 대기하고 있는 대형 양문형 냉장고와 최신 건조기가 오랜 골목과 대비되어 저절로 시선이 갔다.

"상가 주택이라도 여기 시세가 있어서 아파트 못지않게 주고 들어왔을걸."

"시세?"

아, 희주는 열여덟 살이었다. 일찍 사회에 던져졌어도 아직은 어른이랄 수 없는 열여덟 살.

나는 상권이 들어찬 이 지역에 대해, 요즘 아파트 가격에 관해 그녀에게 설명해 주었다. 더불어 대기업 회사원이 십 년 이상 모아야 대출 낀 아파트 비용을 마련할 수 있는 요즘 세태를 성토했다. 얘기하다 보니 자연스럽게 동진 회장이 연상되었다. 아버지의 사업을 물려받아 중소 규모의 아파트를 건설해 재산을 불리는 자, 바닥을 맴도는 사람들의 삶을 상상조차 하지 않는 류….

"멀리 볼 것도 없어."

너스레를 떨며 희주에게 말했다.

"동진 회장 봐 봐. 우리 같은 서민의 노동을 싼값에 제공받고 또 다른 서민들을 등쳐 먹어 잘살고 있잖아."

그리고 강조하듯 결론을 내렸다.

"그런 사람들이 바로 사회악인 거야."

말없이 창밖을 보고 있던 희주가 내게 고개를 돌렸다. 무심코 그녀를 따라 마주 본 나는 순간, 움찔했다. 뭐랄까. 언젠가 본 적 있는 표정이기 때문이었다. 스스럼없이 두 팔을 벌려 안아 주고 싶어 하는 눈빛. 하지만 포옹할 수 있는 팔이 없어서, 가지고 있지 않아서,

안타까운 심정만을 드러낼 수밖에 없는…. 나는 그녀의 포옹을 어떻게 받아들여야 할지 알지 못했다. 머쓱한 웃음을 짓고 그녀의 엉덩이를 툭, 건드리는 행동으로 의연한 어른처럼 보이기를 바라며 숙직실을 나왔다.

저녁 늦게 사장이 일러둔 여자가 면접을 보러 왔다. 연변에서 넘어온 지 일 년이 채 안 된 사람이었다. 여기저기 살피며 경계하는 모습이 캐 보지 않아도 불법 체류자란 걸 짐작할 수 있었다. 여자는 서른여섯이라고 나이를 밝혔지만 얼추 마흔 중반은 되어 보였다. 금귀걸이며 치렁치렁한 목걸이에 문신한 아이라인까지. 말썽 없이 일할지, 마음대로 달아나지는 않을지 의구심이 들었다.

마사지를 가르치는 내내 여자는 어떻게 해야 한국에서 돈을 많이 벌 수 있는지를 궁금해했다. 내 본가가 있는 지역을 알고 싶어 했고 내가 다니던 대학교를 나오면 대기업에 다닐 수 있는지 물어보기도 했다. 그녀는 연변에 두고 온 열두 살 먹은 딸이 있었는데 한국에 오고 싶어 한다며 블랙핑크를 가장 좋아한다고 말했다.

나는 단순히 희주가 여유로운 오전 시간을 틈타 외출하는 줄 알았다. 영화를 보고 오겠다길래 센터를 지켜야 하는 나는 오는 길에 맛있는 거나 사 오라고 일렀을 뿐이었다.

그것이 희주와의 마지막 대화였다.

반나절이 지나고 연락한 희주의 휴대폰에서 없는 번호라는 안내를 듣고 어리둥절해지기 시작했다. 숙직실에 걸려 있던 배낭과 사물함 속 그녀의 옷들이 모두 사라진 걸 발견하고 나서야 상황을 알아차렸다. 짐이 적지 않았으므로 최소한 며칠 전부터 희주는 준비했을 터였다. 나는 그녀가 떠났다는 사실보다 톡도 문자도 심지어 손으로 쓴 쪽지조차 남기지 않았다는 사실이 더 믿기 어려웠다.

간밤에도 고객들이 줄을 이었다. 한 타임이 끝나기도 전에 다른 손님이 들이닥쳐 대기실 자리가 모자랄 정도였다. 새벽에 잠시 눈을 붙였다가도 차임벨 소리에 뛰쳐나갔다. 카운터를 지키고 마사지 매뉴얼을 안내했으며 간간이 샤워실과 탈의실 청소를 했다. 취객을 도맡아 처리하거나 떨어진 물품을 사 오고 직원들이 먹을 음식을 배달시키기도 했다. 연변 이모 다음으로 중국인 여자와 태국 여자가 새 직원으로 들어왔다. 마사지 베드 사이엔 간이 칸막이가 생겼다.

잠이 모자랄 정도로 바쁜 덕에 희주를 생각할 틈이 없어 다행이었다. 그런데도 청소기를 돌리거나 비품 정리하는 짬짬이 그녀의 목소리나 발걸음 소리가 들리는 착각에 빠지곤 했다. 한동안 헬퍼 커뮤니티를 밤낮없이 들락거렸다. 도움을 청하는 열여덟 살 소녀가 있는지 빼지 않고 찾아보았다. 바빠지면서 방문하는 횟수가 줄었고 조금씩 시들해지다 더 이상 생각하지 않기로 했다.

연변 이모가 일을 시작하고 나서 센터의 분위기는 달라졌다. 야간에 남자 고객들이 들끓자 주간 고객은 단골 몇 사람을 제외하고 점차 줄어들었다. 발길을 끊은 사람 중엔 동진 회장도 있었는데, 나드리 관광으로 돌아갔는지 선호하는 새 마사지 센터가 생겼는지 알 수 없었으나 이곳의 늘어난 고객 덕에 찾아가 읍소하지 않아도 되는 것만으로 다행이라고 생각했다.

본네일 사장은 여전히, 꾸준히, 찾아왔다. 달라진 게 있다면 그녀가 마사지를 받은 후에 네일 숍에서 벌어진 에피소드나 어린 시절의 이야기 등을 털어놓는다는 거였다. 유부남 애인을 만난 사연과 구타를 일삼는 그를 떠나지 못하는 이유에 관해 말하기도 했다. 나는 눈물짓는 그녀를 위해 티슈를 건넸고 조용히 들어 주거나 함께 웃기도 했다.

손님이 몰리기 시작하는 오후 여덟 시, 마사지하던 연변 이모의 얼굴이 칸막이 위로 올라왔다. 다급한 고갯짓으로 선반을 가리켰다. 마사지 크림에 섞어 사용하는 안티푸라민을 달라는 뜻이었다. 나는 뚜껑을 열어 보고 나서야 제조한 마사지 크림 통의 바닥이 드러나고 있는 것을 발견했다. 서둘러 센터를 나섰다.

건널목을 건너기 위해 신호등 앞에 섰을 때였다. 건너편에 낯설지 않은 일행이 서 있었다. 안내봉을 든 남녀와 곁에 선 아이 둘. 남자아이는 여자의 손을 잡았고 여자아이는 남자의 손을 잡고 있었다. 누나로 보이는 아이가 잠시도 몸을 가만히 두지 않는 남자아이에게 무어라 말을 했다. 그러자 여자가 웃음을 터뜨렸고 남자아이의 머리를 쓰다듬었다. 옆에 서서 미소 짓는 남자의 머리는 전보다 더 하얗게 세어 있었다.

  신호가 바뀌고 사람들이 길을 건너기 시작했다. 나도 느릿느릿 횡단보도 위를 걸었다. 가족이 가까워지면서 목례를 할까 생각했으나 곧 그들이 보이지 않는 사람이란 걸 깨달았다. 서너 걸음 앞까지 여자가 다가왔다. 그럴 리가 없는데, 다른 쪽을 향하고 있는 여자의 시선이 나를 보고 있는 느낌이 들었다. 여자가 내 곁을 스쳐 지나갔고, 나는 왼쪽 어깨에 어떤 촉감을 느꼈다.

  잠깐이었지만 분명했다.

  맞춤하게 편 손바닥으로, 빠르지만 급하지 않게, 위로를 전하는, 다독이는, 두어 번의 적당한 접촉.

  나는 잠시 걸음을 멈추고 지나간 여자를 눈으로 따라갔다. 실제 그녀가 내 어깨를 두드렸는지 장담할 수 없었다. 말이 되지 않기 때문이었다. 신호등의 요란한 재촉에 다시 걸음을 옮겼고 횡단보도를 건너와서야 되돌아보았다. 가족은 저만치 멀어져 가고 있었다.

여자의 시선이 차창 너머 허공으로 날았다. 공중에 뜬 아이는 몸도 가벼운 데다 무력해서 거리에 선 사람들이 고개를 꺾어 들 만큼 큰 호(弧)를 그린 다음에야 지상에 떨어졌다. 여자는 아이의 몸이 바닥에 부딪치는 소리를 들었고 같은 표정을 짓는 사람들을 보았다. 잠시 멈췄던 숨을 되돌려 놓느라 고개를 숙인 여자의 뇌리에 짧은 섬광이 스쳐 갔다. 어느 때부턴가 줄곧 반복되고 있는 현상…. 딱히 집어서 설명할 수 없을 정도로 흐릿하지만 잊을 만하면 찾아오는 느낌. 지난날의 어느 틈엔가 똑같은 일을 겪었던 것 같은 기시감이었다. 여자는 이번에도 일어난 적이 없었던 기억이라고 결론을 내렸다. 팔목에 돋아난 소름은 가라앉을 줄 몰랐다.

사건을 맡았다는 조사관에게선 옅은 담배 냄새가 났다. 앞머리와 이마의 경계가 뚜렷하지 않아 쉰은 족히 넘어 보이는 얼굴이었다. 눈 밑의 그늘은 장시간의 업무로 쌓인 피로를 짐작케 했다. 그냥 본 대로만 얘기해 주면 되는 겁니다. 조사관은 일상적인 일이라는 듯 가볍게 말을 시작했다. 목격자는 진술만 끝나면 보내 주니까요. 살다 보면 별의별 일 다 겪는 법 아닙니까? 커피라도 한잔 뽑아 줄까요? 여자는 배가 고팠다. 생각해 보니 아침을 먹지도 못했고 시간은 벌써 정오를 향해 가고 있었다. 이십여 분 후에는 집으로 돌아와 있을 거라 생각했기 때문에 어수선한 식탁도 그대로 두고 나온 참이었다. 하지만 여자는 '커피 말고 밥'이라고 말하는 대신 고개를 저었다.

경비교통과의 창가에는 손때가 들어 거뭇거뭇한 철제 책상이 기역자로 배열되어 있었다. 책상 사이에는 녹색의 칸막이가 가로 혹은 세로로, 원래 그 자리에서 나고 성장한 나무처럼 서 있었다. 가림막으로 나뉜 공간에는 각기 다른 기류가 흘렀는데 여자는 그 이유가 자리하고 있는 사람들의 차이에 따른 것이라고 생각했다. 비어 있는 공간에는 그만큼 평온한 공기가 고른 숨을 쉬듯 깔려 있었던 까닭이다. 여자는 조심스럽게 주위를 돌아보다가 반대편 창가 쪽에서 베이지색 트렌치코트 자락을 늘어뜨린 남자를 발견했다. 등을 돌리고 앉은 남자의 자세는 몹시 불편해 보였는데 등받이가 달린 빈 의자가 곁에 놓여 있었음에도 일인용 원목 스툴을 택해 앉은 탓이었다. 앞으로 비스듬히 뻗어 나와 있는 긴 목과 구부정한 등 허리까지, 남자는 마치 억지로 앉은 자세를 취한 거북이 같은 모습이었다.

 자판 소리가 멈춘 것은 그때였다. 이름요, 아줌마. 이름. 조사관의 찡그린 표정으로 보아 이미 몇 번의 재촉이 지나간 듯했다. 주민등록번호요. 여자가 대답했다. 주민등록번호…. 팔, 육, 공, 사… 아니, 팔, 육, 공, 삼, 이…. 번호가 끝내 떠오르지 않자 여자는 조사관의 얼굴을 멍하니 쳐다보았다. 혀를 끌끌 찬 조사관이 검지로 회색 에나멜 토트백을 가리켰다. 곧이어 여자의 손에 자주색 장지갑이 나타나고 책상 위로 넘어온 조사관의 손이 신분증을 낚아채 갔다. 딸려 나온 영수증 하나가 여자의 발치를 향해 뉘엿뉘엿 떨어졌다.

 자, 그러니까 오늘 오전 아홉 시경, 문청초등학교 앞 이차선 도로를 운전하고 계셨다. 맞지요? 네. 그런데 도로를 건너던 아이가 흰색 아반떼에게 치이는 것을 목격하셨단 거죠? 여자는 망설였다. 사고가 나는 순간? 사고가 일어난 후를 봤다고 해야 하는 것이 아닐까? 조사관이 고개를 들었다. 여자는 자신을 둘러싸고 있는 공기의 흐름이 점차 빨라지고 있음을 감지했다. 그럼, 목격자분의 승용차는 어느 차선을 주행 중이었습니까? 서 있었어요, 옆 차선에. 자판을 두드리던 소리가 멈췄다. 한결 낮아진 음성으로 조사관이 그 이유를 물었다. 아이가 길을 건너고 있었으니까요. 조사관이 한 손을 들어 듬성듬성한 자신의 머릿속을 헤집었다. 목격자분, 말씀 잘하셔야 합니다. 여자는 본능적으로 고개를 끄덕였다. 그러면서도 상대가 자신에게 바라는 것이 무엇인지 헷갈렸다. 아까는 본 대로만 이야기하면 된다더니. 그럼, 피해자가 어디쯤 걸어가고 있을 때 사고가 일어났습니까? 그게, 저는, 그 아이가 제 차 앞에 있을 때만 봐서요. 리드미컬하게 울리던 자판 소리가 다시 멈추자 여자의 양어깨는 오목하게 움츠러들었다. 여자는 자꾸만 주눅이 드는 자신의 태도가 싫었다. 선수를 친다면 이 위압적인 상황이 달라질 수도 있을까. 늦어서요. 아들이 유치원에 다니는데… 색연필을 빼먹고 갔어요. 그거 갖다주려고……. 사고가 일어났을 때는, 시계를 보고 있었어요. 아홉 시… 십일 분, 정확합니다.

조사관의 손가락은 움직이지 않았다. 여자가 다섯까지 세었다가 다시 열을 세었지만 요지부동이었다. 묻지도 않은 말을 여자가 덧붙였다. 학교 앞이잖아요. 어린이 보호 구역이라 별 신경을 쓰지 않았어요. 여자의 얼굴을 바라보던 조사관이 느린 어조로 동의했다. 맞습니다. 어린이 보호 구역이지요. 다시 자판 소리가 들려왔다. 피해 아동이 목격자분 차 앞을 지나갈 때 간격은 어느 정도였습니까? 간격…. 여자는 기억 속에 담겨 있는 아이의 행적을 더듬기 시작했다. 불현듯, 한 장면이 여자의 뇌리에 선명하게 떠올랐다. 손등을 볼록하게 모으고, 두 개의 손가락을 세워서, 소나타의 보닛 위를 누비던 조막만 한 손.

여자가 아이를 처음 발견한 것은 내리막 경사도를 막 탔을 즈음이었다. 검정, 노란색이 줄줄이 박힌 점퍼와 파란 가방은 먼 거리에서도 쉽게 눈에 띄었다. 이미 등교 시간이 지나서 다른 아이들의 모습은 보이지 않았다. 아이는 눈길이 닿을 만한 곳에 횡단보도를 두고도 일반 도로가에 서 있었다. 지나는 차량을 따라 연신 고개를 돌리던 아이가 달려오는 여자의 은색 소나타를 발견했다. 아이는 오로지 그녀만을 기다려 왔던 것처럼 시선을 움직이지 않았다. 반면 여자는 망설였는데, 차를 멈추는 것이 귀찮았다기보다 또다시 습관적으로 남을 생각하는 자신이 싫어서였다.

평소에도 여자는 스스로 불편을 감수하는 일이 많았다. 줄을 설 때도 자신보다 늦게 도착한 사람에게 물러나 주기 일쑤였다. 어떤 이는 고마움을 표했지만 모두 그렇지는 않았다. 하지만 당연한 듯 받아들이는 사람들의 태도에도 여자는 후회하지 않았는데, 그러한 선의를 베푸는 것이 왠지 마음의 평안을 가져다주기 때문이었다. 어쩌다 그러한 자신에게 염증이 이는 날도 있었다. 그럴 때면 여자도 독한 마음을 먹고 버릇을 고쳐 보려고 했다. 그러나 정작 타인을 외면하려는 순간이면 여자의 머리에는 돌연 붉은 신호등이 번뜩이는 것이었다. 당연히 가야 할 목적지를 놓치게 된다거나 약속 시간에 늦게 되는 일을 겪을 수밖에 없었다.

은색 소나타는 서서히 속도를 늦추어 아이 앞에 멈춰 섰다. 그럴 줄 알았다는 듯 도로에 내려선 아이는 소나타 앞 범퍼에 바짝 붙은 채 걸었다. 그러다 소나타 쪽으로 고개를 돌렸고 보닛에 앉은 먼지를 뚫어지게 보았다. 걸음을 멈춘 아이가 손가락으로 보닛 위를 슬쩍 건드렸다. 끝이 올라간 짧은 직선 하나가 허연 불순물 위에 나타났다. 그때부터, 아이의 손가락이 종횡무진 소나타의 보닛 위를 훑기 시작했다. 굽실굽실한 문양이 마음에 들었는지 설핏 미소까지 지었다. 여자의 손이 브레이크 페달을 밟고 있는 오른 다리로 미끄러져 내려왔다. 주먹을 쥐고 신경질적으로 허벅지를 두드려 대었다. 차량용 시계를 쳐다보는 여자의 미간 사이가 점점 깊어지고 있었다.

댄스곡을 연주하는 것처럼 경쾌한 자판 소리가 반대편에서 들려왔다. 몸통을 알 수 없는 꼬리말이 자판 음 틈틈이 끼어들었다. "갔습니까."라던가 "했습니까." 같은 말들이. 트렌치코트 차림의 남자를 취조하고 있는 조사관이었다. 남자의 대답은 들리지 않았다. 불안정한 숨소리만 여자의 귀에 또렷이 들려왔다. 여자는 텅 빈 공간에 남자와 자신, 단둘만이 갇혀 있는 착각이 들었다.

여자의 몽롱한 정신을 깨우기라도 할 것처럼 조사관이 책상을 탁탁 두드렸다. 여자는 좀 전의 질문을 떠올린 다음 기어들어 가는 목소리로 대답했다. 가까웠어요. 가까웠어요? 어느 정도? 조사관이 물었고, 여자는 잠시 뜸을 들였다 마지못해 답을 했다. 잘 모르겠네요. 제가 앉은키가 작아서 범퍼 앞이 잘 안 보이거든요. 잠시 여자를 쳐다보던 조사관이 맞은편을 향해 소리를 질렀다. 어이, 사망한 아이 말이야. 신장이 어떻게 되지? 하지만 조사관의 우렁찬 목소리에도 사람들은 아랑곳하지 않았는데, 교통조사과 내 사람들의 관심은 온통 벽면에 부착된 TV 화면으로 향해 있기 때문이었다.
　방영되고 있는 프로그램은 아들이 즐겨 보아서 여자도 곧잘 보게 되는 코미디 프로그램이었다. 지하철 안이 배경인 듯했고 두 사람이 말다툼을 하고 있었다. 곁에는 한 아이가 기다란 풍선을 입에 물고 있었다. 낯익은 여자 코미디언은 불량스러워 보이는 행색의 출연자에게 격앙된 목소리로 따지고 들었다. 길쭉한 그 무엇이 자신의 엉덩이를 지속적으로 건드렸다며 하소연했다. 말다툼 중에도 남자 출연자 옆에는 예의 그 꼬마가 길고 탱탱한 풍선에 제 볼을 부풀려 바람을 넣고 있었다. 풍선의 위치는 정확히 사내의 사타구니 높이였다. 프로그램이 진행되는 동안 경비교통과 내 사람들에게서 간간이 웃음이 흘러나왔다. 야, 저거 억울하겠네. 누군가 그렇게 말을 했고, 저게 바로 미필적 고의 아냐. 체크무늬 점퍼의 조사관이 말을 받았다. 먼저 말을 던진 사람이 아니, 저게 어떻게 미필적 고의입니까? 누명을 쓴 거지, 하고 재차 묻자 체크무늬가, 저놈 말고 꼬마 말이야, 꼬마가 미필적 고의를 저지른 거라고, 말했다. 미필적 고의? 여자가 중얼거렸다. 어느새 함께 TV를 보고 있던 담당 조사관이 여자를 흘깃 보았다. 사건에 영향을 미칠 줄 알면서도 실수를 하는 행동입니다. 순 과실이 아니란 말이죠. 여자가 감사의 뜻으로 고개를 숙였다. 화면 속의 꼬마는 풍선을 부는 행동에만 몰입하고 있었다. 여자가 보기에 꼬마는 자신의 행동이 어떤 결과를 초래했는지에 대해서는 관심조차 없는 것 같았다.

피해자 신원 나왔습니다.

조사관의 뒤편으로 다가와 보고를 한 여경은 남색의 제복을 입고 있었다. 앞섶의 금색 단추와 어깨에 달린 견장이 어우러져 완벽한 조화를 이룬 모습이었다. 여경은 자신을 주시하는 여자의 시선을 모른 척하며 서류를 내밀었다. 하필이면 창으로 스며든 햇살이 제복의 금빛 견장에 정면으로 닿았다. 반사된 빛은 곧장 여자의 눈언저리로 날아와 희롱하듯 어른거렸다. 여자는 눈을 끔벅이며 그들이 뱉어 놓은 아반떼나 시속 백이십 킬로, 면허 취소란 단어를 들었다. 트렌치코트 남자에 대한 사고 전적을 보고하는 것 같았다. 마주 앉은 사람을 배려하지 않고 함부로 말을 뱉는 그들의 무신경함에 여자의 기분이 언짢아졌다. 블라인드 좀 내려 주세요. 한층 높아진 여자의 목소리에서 진한 짜증이 배어 나왔다.

트렌치코트의 남자는 제복의 등장에도 아무런 미동을 하지 않았다. 자신과는 상관없는 일인 양 손에 든 종이컵만 뚫어져라 보았다. 하지만 여경의 보고가 시작되자 서서히 고개를 든 남자가 무어라 말을 꺼내며 끼어들었다. 참다못한 체크무늬 조사관이 한마디를 했고 남자의 시도는 일단락되었다. 그때부터였다. 남자의 눈동자가 초점을 잃어버린 듯 쉴 새 없이 움직이기 시작한 것은. 금방이라도 깨질 듯 텅 빈 유리알 같은 눈동자는 경비교통과 내 어느 곳에도 정착하지 못하고 떠돌아다녔다. 우연이었을까. 그 모습이 여자의 눈에 낯설지 않았다. 여자는 남자의 눈빛을 어디서 보았는지 생각해 내려 애썼다. 혹시 몇 번 건너 아는 사람은 아닐까. 그러다, 익숙한 섬광이 또다시 눈앞에 번뜩였고 그 찰나의 시간 사이에 잊어버리고 있던 얼굴 하나가 떠올랐다. 밥을 먹다가도 말을 하다가도 어린 여자를 바라보곤 했던 얼굴. 푸르고 어둑한 낯빛으로 손바닥을 열어 보이던… 아버지.

여자는 이번엔 밀려오는 기억을 막아 보려 필사적으로 노력했다. 풀려 버린 고리 하나. 그 시작을 내버려 두면 여태껏 지탱해 왔던 방어벽이 무너져 내릴 것만 같았다. 하지만 기억의 파편은 또 다른 기억들을 줄줄이 끌고 와 여자에게로 쏟아 내었고 여자는 무방비 상태로 그 봇물을 맞을 수밖에 없었다.

그날은 월요일이었고 여자가 아홉 살 되던 해의 가을이었다. 온 집 안을 울리는 현관문 소리에 여자는 쥐고 있던 연필을 놓치고 말았다. 달깍. 부러진 연필 심지가 방바닥을 도르르 굴러 책상 밑으로 들어갔다. 현관에는 여자의 아버지가 신발도 벗지 않은 채 두 손을 펼쳐 보이며 서 있었다. 품에 안기라는 것인지, 더 이상 가까이 오지 말라는 뜻인지 알 수 없어 여자는 당황스러웠다. 그런 탓에, 붉은 액체가 말라붙은 아버지의 손을 내려다보기만 했다. 못 살 거야. 아버지의 입에서 익숙한 소주 냄새가 풍겨 나와 집 안 구석구석으로 스며들었다. 아버지는 여자의 어머니가 가져다준 수건으로 손을 닦아 내면서도 다른 말이 없었다. 한참 만에야 아버지는 세발자전거를 탄 아이에 대한 이야기를 꺼냈다. 아이는 차도 한복판에 있었다고 했다. 오토바이는 도로 밖으로 튀어 나가 바퀴 하나가 빠지고 몸체가 부서졌다. 아버지는 "못 살 거야."라는 말을 후렴구처럼 반복했다.

여자의 아버지는 평소 살갑게 가족을 챙기는 사람은 아니었다. 자동차 부속을 생산하는 하청업체의 팀장으로서 가족에게 꼬박꼬박 월급을 가져다주는 것으로 가장의 임무를 다했노라고 생각하는 사람이었다. 늦은 귀가는 자연스러운 일상이었고 여자를 비롯한 가족은 가끔 그가 오토바이 핸들에 달고 오는 붕어빵이나 호떡만으로 그의 역할에 충분히 만족하고 있었다. 어느 날 갑자기 일어난 불행만 아니었다면, 훗날 여자가 의식적으로 아버지를 지우려 애쓰는 일은 없었을 터였다.

여자의 아버지가 신발을 벗고 거실에 올라서려던 순간, 초인종 소리가 울렸다. 현관문 밖에는 경찰복 차림의 두 남자가 서 있었다. 여자의 아버지는 그들과 함께 문밖을 나섰고 그해가 다 가도록 집으로 돌아오지 않았다.

목격자분, 집중 좀 하세요.

조사관의 표정에는 미뤄지고 있는 업무에 대한 불만이 잔뜩 묻어 있었다. 안 그래도 골치 아픈 케이스인데 말이야. 여자는 조사관의 말을 곱씹었다. 골치 아픈 케이스…. 반복되는 자판 소리에 여자의 신경이 예민해졌다. 탁, 어째서 그런 행동을 했습니까…. 탁, 그다음은 무슨 일이 일어났습니까…. 탁, 탁, 탁……. 조사관은 내리깐 목소리로 취조를 계속했다. 아이를 발견했을 때의 상태는요? 가해자가 어떤 조치를 취했습니까?

아반떼는 삼십여 미터 앞에 정차해 있었다. 흐릿한 연기가 새벽녘 해무처럼 피어올랐다가 아침 햇볕에 사그라지는 것처럼 흩어졌다. 도로 위에 그려진 스키드 마크는 금세 찍어 놓은 낙인처럼 생생했다. 공중에서 내리꽂히고 있는 아이는 파란 가방에 매달린 인형이나 액세서리 같았다. 칼끝 같은 사람들의 비명에도 인체가 부서지는 소리는 묻히지 않고 울렸다. 여자는 그 모든 상황을 목격했다.

텅 비어 있던 거리는 단 몇 분 만에 구경꾼들로 메워졌다. 사람들의 탄식에서 당혹스러움과 함께 묘한 안도감이 묻어 나왔다. 소나타에서 내린 여자가 아반떼 옆을 지나칠 때, 베이지색 트렌치코트를 입은 남자가 운전석 문을 열고 튀어나왔다. 남자는 내려서자마자 뛰었다. 최선을 다하는 듯했지만 한눈에 보기에도 위태위태했다. 결국 몇 발짝 더 가지 못하고 남자가 멈추었다. 양손을 무릎에 짚은 채 몰아쉬는 남자의 호흡을 따라 위아래로 코트 자락이 흔들렸다.

실제로는 연한 담청색이었던 아이의 가방은 아이와 한 몸인 것처럼 걸려 있었다. 상체는 기형적으로 뒤틀려 있었고 안구는 반쯤 눈꺼풀을 벗어나 있었다. 벌어진 두개골에서 쏟아진 뇌수와 혈액은 부채꼴을 그리며 차도를 잠식해 나갔다. 비릿한 냄새에 여자의 배 속에서 욕지기가 올라왔다. 손을 들어 입을 막는데 눈앞에 작은 원이 중심을 향해 돌았다. 다리가 꺾이자 차도의 요철이 무릎에 박혀들었다. 여자는 양손을 바닥에 짚어 나머지 몸까지 무너지지 않도록 지탱했다. 숨을 고르는 중에 손바닥에 축축한 습기가 느껴졌다. 두 손이 붉게 물든 것을 확인한 여자가 어쩔 줄을 몰라 하자 둘러싸고 있던 사람 중의 누군가 휴대용 티슈를 건넸다. 혹시, 아이… 엄마예요? 구경꾼이 물었고 여자는 아니라는 뜻으로 고개를 저었다가 멈춘 다음 다시 내저었다.

남자는 차도에서 줄곧 서성이기만 했다. 어떻게 행동해야 할지를 본인도 판단할 수 없는 것 같았다. 진정하세요. 여자는 그에겐지 자신에겐지 모를 말을 했던 것을 기억해 냈다. 요란한 경적 소리가 차도 끝에서 들려왔다. 여자와 남자의 차가 도로를 가로막고 있어서 예닐곱 대의 차량이 줄지어 대기하고 있었다. 사태를 해결하기 위해 발걸음을 떼는 여자의 팔을 누군가 붙잡았다. 여봐요, 그냥 가면 어떡해. 설명을 하고 싶었던 여자는 목소리의 주인공을 찾아 둘러보았으나 아무도 알은척을 하지 않았다. 그것이 어떤 신호였던 것일까? 촘촘하게 늘어선 사람들 사이에 삐뚜름한 균열이 일어났다. 늙수그레한 노파가 사람들 틈을 비집고 걸어 나오고 있었다. 허방지방한 발걸음이 트렌치코트를 입은 남자의 동작과도 비숫해 보였다. 노파는 구경꾼들의 어깨와 팔을 밀치면서 앞으로 나섰다. 불시에 무례를 겪은 구경꾼들은 욕이라도 할 작정으로 뒤돌아보았다가 노파의 표정을 보고는 입을 다물었다. 노파의 늘어진 눈매와 입가에는 지금껏 살아온 세월이 한순간에 공중분해 된 것에 대한 회한이 고스란히 드러나 있었다. 여자는 노파가 자신을 향해 다가오고 있다고 확신했다.

일정한 높낮이의 사이렌 소리가 거리에 울렸다. 여자는 제일 먼저 도착한 경찰차를 향해 부리나케 다가갔다. 경찰차의 문을 열고 뒷좌석에 앉은 여자를 운전자는 휘둥그레진 눈으로 돌아보았다. 목격자예요. 작지만 또렷한 목소리로 여자가 말했다.

쿠당탕…….

느닷없는 소리에 수런거리던 사람들의 음성이 일시에 멈췄다. 태풍에 뿌리째 뽑혀 나간 나무처럼 칸막이가 쓰러져 있었다. 나뉘어 있던 서로 다른 질감의 공기가 드러누운 칸막이를 넘어 조급하게 섞여 들었다. 조사관이 여자의 뒤쪽을 주시한 채, 경계를 갖추는 사냥개처럼 일어섰다. 여자가 돌아섰을 때, 트렌치코트의 남자는 여자의 두어 걸음 앞에 도착해 있었고 그 뒤를 체크무늬 차림의 조사관이 허겁지겁 쫓아오고 있었다. 남자는 단시간에 백 미터 거리를 완주한 사람처럼 거친 숨을 내쉬었다. 한참을 머뭇거리던 남자가 마침내, 그렇잖아요… 아줌마, 하고 이내 고개를 숙였다. 두 경찰이 동시에 허허로운 숨을 후, 쉬었다. 하지만 안심한 것도 잠시, 한 손을 들어 올린 남자가 과장된 몸짓으로 허공을 휘젓기 시작했다. 애가 무척, 작았잖아요? 그쪽 차 앞에서 그냥 불쑥 튀어나왔는데 나더러 어쩌라구. 거기 오늘 첨 가 본 길이란 말입니다…. 아, 어쩌다 내가 이런 일에 엮인 거지?

여자도 남자의 말에 동의할 수밖에 없었다. 어떡하다 이런 일에 엮였을까. 집을 나섰다가, 굳이 슬리퍼를 바꿔 신으러 돌아간 이유가 무엇이었을까. 아니면 7층이나 9층 사람들이 승강기를 삼 분쯤 더 잡고 있을 수는 없었을까. 그러면 학교 앞에 당도했을 때 아홉 시 십삼 분이나 십오 분쯤 되었을 테고, 아이는 벌써 차도를 건너갔거나 적어도 옆 차선에 지나가는 차량 따위는 없었을지도 모르는데. 남자는 말을 내뱉는 동안에도 여자를 관찰하고 있었다. 여자는 남자가 입을 열 때마다 드러나는 혓바닥의 백태만 쳐다보았다. 대여섯 시간은 찌들어 있었던 숙취가, 고기 찌꺼기 냄새와 더불어 여자에게로 덮쳐 왔다. 뒤로 한 발짝 물러선 여자를 따라 남자가 바짝 다가섰다. 아니, 나만 책임 있는 겁니까? 그렇잖아요. 그쪽이 아이를 건너게 하지 않았으면 이런 일이 왜 생겨요? 양심적으로 그런 생각 안 들어요?

트렌치코트의 위협에 엉뚱하게도 여자의 배 속이 반응을 보였다. 꾸르륵. 점점 더 허기가 심해지고 있었다. 아직 준비물을 가져다주지도 못했는데…. 여자는 유치원에 다니고 있는 귀여운 아들을 생각했다. 성실하게 일하고 있을 남편과 그리고 남은 우리의 인생…. 여자에겐 지켜 내야 할 것들이 있었다. 경찰서를 나서면 우선 요기를 할 음식점부터 찾으리라, 여자는 결심했다. 그런 다음 유치원 미술 수업에 늦지 않게 색연필을 가져다줄 거야.

자신도 모르게 여자의 입에서 새된 목소리가 터져 나왔다. 양심적이요? 무슨 말씀을 그렇게 하세요? 모르시나 본데 거기, 어린이 보호 구역이잖아요. 당연히 아이에게 배려해야지요. 여자가 허리에 손을 얹었다. 고개까지 치켜들었지만 남자는 오히려 주목하고 있는 사람들의 반응에 고무된 표정이었다. 여자는 동조해 줄 사람이 필요하다는 것을 깨달았다. 경비교통과 내에서 제대로 영향력을 끼칠 수 있는 자, 같은 상황을 여러 번 겪어서 무엇이 효과적인 답인지 알고 있는 사람. 여자는 고개를 돌려 담당 조사관을 응시했다. 다섯을 세며 기다렸지만 그는 보탬이 되어 줄 생각은 없는 듯 팔짱을 풀지 않았다.

의기양양해진 트렌치코트가 여자의 코앞까지 제 얼굴을 들이대었다. 여자는 풀려 버린 다리를 대신해 곁에 놓인 의자의 등받이를 잡았다. 다시 고개를 들었을 때, 담당 조사관의 얼굴이 저만치 앞에 보였다. 그 순간, 굳어 있는 조사관의 표정 뒤에 스쳐 지나가는 무언가를 여자가 포착했다. 조사관의 의사와는 하등 상관없는 일이었다. 아무리 감추려 들어도 들킬 수밖에 없는 불가항력 같은 거였으니까. 여자는 머리에 떠오른 단어를 입속으로 음미했다. 미필적 고의. 조금 전만 해도 경멸해 마지않던 줄을 여자는 힘껏 부여잡았다.

정면으로 남자의 시선을 마주한 여자가 냅다 소리를 지르기 시작했다. 듣자 하니 당신, 예전에도 사람을 쳤다면서? 무려 백이십 킬로로 달리다가. 놀란 숨을 들이키는 소리가 사람들에게서 들려왔다. 여자는 다리에 힘을 주고 한층 더 큰 소리로 말을 이어 나갔다. 이제 보니까 당신, 아주우 상습범 아니야?

남자의 눈자위에 서늘한 그늘이 퍼져 나가는 것을 여자는 지켜보았다. 동시에 여자를 담당하고 있는 조사관의 볼에도 지저분한 홍조가 번졌다. 헛기침을 두어 번 뱉고 난 담당 조사관이 한 발짝 앞으로 나섰다. 가해자분, 여기서 이러신다고 본인에게 좋을 것 하나도 없습니다. 자리로 돌아가세요. 남자는 그 짧은 몇 분 사이 최소한 뼘은 쪼그라든 듯 보였다. 체크무늬 점퍼를 입은 조사관과 트렌치코트를 입은 남자는 나란히 걸어 제자리로 돌아갔다.

여자는 머리를 꼿꼿이 들었다. 계속된 질문에도 한 치의 망설임 없이 대답했다. 담당 조사관은 이따금 한쪽 입꼬리를 비틀어 올리며 못마땅한 표정을 지었다. 마침내 기본 조사가 끝나고 조사관은 다시 연락이 갈 것이라는 말을 빼놓지 않고 여자에게 전했다. 알겠습니다. 대답을 한 여자가 되도록 소리를 내지 않게 주의하며 의자를 뺐다. 가벼운 목례를 하고 앞만 바라보며 출구 쪽으로 걸어갔다.

어엇!

여자가 출입문 앞에 거의 다다랐을 때, 다급한 외침이 벽걸이 TV 아래 정수기 앞에서 들려왔다. 소리가 난 곳에는 작은 폭포 같은 물줄기가 희부연 햇살을 가르며 쏟아지고 있었다. 당황스러운 기색의 젊은 경찰이 품에 안은 생수통의 방향을 재빨리 돌렸지만 물은 이미 반 이상 엎질러진 상태였다. 공교롭게도 물웅덩이는 트렌치코트의 남자를 향해 퍼져 나갔다. 남자는 구두가 젖는 것도 상관하지 않고 창밖만 내다보았다. 오그라든 목이 한층 더 옷깃 속으로 숨어들어 표정조차 가늠할 수 없었다. 사람들의 시선과 아우성이 제각각으로 흩어지는 가운데 여자는 조용히 출입문을 닫았다.

석 달여 동안 여자는 바쁜 나날을 보냈다. 잊을 만하면 가해자 측에서 연락을 해 오거나 집으로 찾아왔다. 여자는 침착하게 대응했고 어느 식으로든 상대방의 언성이 높아질라치면 상대해 주지 않았다. 그들은 그럴듯한 정황을 내세우며 회유와 설득을 거듭했다. 생각을 해 보세요, 얼마나 억울한 일인지. 따지고 보면 잘못한 점이 하나도 없다고요. 하지만 여자가 현장에서 겪은 일을 조목조목 전하고 나면 그들은 금세 풀이 죽었다. 그러곤 남자의 아들이라는 갓난쟁이의 사진을 여자의 눈앞에 들이밀었다. 시대가 달라도 가족을 구제하기 위한 레퍼토리는 똑같아서, 예전 여자의 집에 모여든 삼촌과 고모들이 취한 방법과도 다르지 않았다. 여자의 친척들은 경찰서를 드나들 때마다 한 뭉텅이의 현찰과 함께 여자의 가족

사진을 가지고 나갔다. 그 정성 덕분이었는지 날이 풀리기 전에 여자의 아버지는 집으로 돌아올 수 있었다.

피해자 측에선 아무 연락이 없었다. 두어 번, 말을 하지 않는 전화만 걸려 왔을 뿐이었다. 처음 그러한 전화를 받았을 때, 여자는 가슴 언저리에 아슬아슬하게 매달려 있던 돌덩이 하나가 뚝 떨어지는 기분을 느꼈다. 그리고 곧, 앞이 보이지 않는 사람처럼 비척대며 걸어오던 노파를 떠올리는 것이었다. 사실 여부를 확인할 수도 없는 이야기를 머릿속에 만들어 내며 노파와 아이, 아이와 노파의 관계를 맞춰 보곤 했다.

오전 여덟 시 오십 분. 여자는 아들의 손을 잡고 유치원 통학 버스를 태우러 나갔다. 쓰레기 처리장에 들러 들고 간 쓰레기봉투를 던져 넣는 것도 여전했다. 버스 좌석에 앉은 아들의 눈을 마주쳐 주고 버스의 꽁무니가 사라질 때까지 자리에 서서 바라보는 일상도 계속되었다. 다만 오후 세 시 이십 분쯤, 유치원 버스가 도착하는 시간에 아파트 앞으로 마중을 나가는 일과는 달라진 점이었다. 아파트 정문 앞이 아니라 도로의 맞은편에 정차하는 하원 운행 경로 때문이었다. 이미 그 전부터 지속되어 온 일이었지만 그 위험성을 새삼 깨달은 여자는 유치원에 버스의 운행 경로를 바꾸어 줄 것을 요구했다. 유치원 측에선 동승한 교사가 길을 건너는 아이들의 안전을 일일이 확인하고 있다며 양해를 구했다.

여자는 유치원 버스에서 내리는 아들의 손을 꼭 잡은 채 파란 신호등이 들어와도 곧바로 횡단보도를 건너지 말라고 일렀다. 이렇게, 이렇게, 지나가는 차가 없는지 보고 건너야 해. 좌우로 고개를 돌리는 시범은 여자의 아버지가 며칠이 멀다 하고 여자에게 일러 주었던 동작이었다. 여자의 아버지는 길을 건널 때의 요령뿐 아니라 모퉁이를 돌아설 때의 안전한 위치, 마주 오는 자전거를 피하는 방법도 알려 주었다. 나중엔 반복되는 레퍼토리를 외우다시피 한 여자가 아버지의 말에 뒤이어 끝을 낼 정도였다.

오후 일곱 시 십 분, 저녁 식탁에 앉은 여자가 아기코끼리가 그려진 멜라민 컵에 개봉한 우유 팩을 조심스럽게 기울였다. 어린 아들은 포크에 꽂힌 토스트를 씹느라 조그만 입을 오물거리고 있었다. 갑자기 울린 스마트폰 벨 소리가 여자의 시간을 방해했다. 여자의 귓속으로 근엄하고 낮은 목소리가 흘러 들어왔다. 아, 접니다. 담당 조사관. 기억하시죠? 문청초등학교 교통사고. 팔짱을 끼거나 머리를 어수선하게 긁던 조사관의 모습이 떠올랐다. 네, 잘 지내셨어요? 아들을 재워야 할 시간이 다가오고 있었다. 무슨 일이시죠? 조사관은 헛기침을 한 뒤 말을 꺼냈다. 다른 게 아니고, 사고 현장이 찍힌 CCTV 화면이 증거 자료로 제출되었는데 말이죠. 소나타는 워낙 거리가 떨어져 있어서 처음엔 몰랐는데…. 조사관의 말꼬리가 수상쩍게 늘어졌다. 여자는 저도 모르게 꿀꺽 침을 삼켰다. 피해자가 지나갈 때 말입니다. 혹시 손짓을 하셨었나요? 그러니까, 아이더러 빨리 지나가라고 손을 흔드셨냔 말입니다.

하얀 우유가 식탁 위로 쏟아졌다. 엄마, 쏟았어. 어린 아들이 내지르는 소리에 여자가 벌떡 일어났다. 싱크대 위에 아무렇게나 나뒹굴던 행주를 집은 여자가 급하게 식탁 위를 훔쳤다. 건너편의 당사자는 말없이 사태가 진정되기를 기다려 주고 있었다. 여자는 행주를 개수대에 던진 뒤 멜라민 컵에 우유를 다시 채웠다. 그런 적 없는데요. 여자는 다른 손으로 스마트폰을 바꿔 쥐었다. 멀리서 찍혔다면서요? 얼굴을 만지거나 그랬겠죠. 손짓을 한 적은 없어요, 절대로. 조사관이 응답했다. 그러시군요. 여자는 짧은 숨을 들이마신 후, 건조한 목소리로 의사를 전달했다. 지금 바빠서요. 이만 끊어도 될까요?

통화를 마친 후, 여자는 식탁 의자에 앉아 채 비우지 못한 자신의 밥그릇을 바라보았다. 이상하게도 식욕이 떨어져 버려 숟가락을 들고 싶지 않았다. 남은 음식물을 모아 개수대 안에 털어 넣고 연필 자국이 무성한 앉은뱅이책상을 꺼내 왔다. 오늘 아들이 해야 할 숙제는 '다리'와 '다람쥐'란 단어를 여덟 칸짜리 공책에 열 줄 쓰기였다. 다…리. 여자는 한 단어씩 쓸 때마다 되풀이해 읽는 아들의 중지를 잡아 연필 교정기 홈에 끼워 주었다. 다섯 번째 'ㅏ'에서부터 글자가 삐뚤빼뚤해지기 시작했다. 힘을 모으려고 동그랗게 그러쥔 아들의 손을 바라보던 여자는 순간, 등허리 아래에서부터 열기가 오르는 것을 느꼈다. 여자는 숨을 고르다가 그것도 여의치 않자 벌떡 일어나 주방으로 걸어갔다. 냉장고에서 물병을 꺼내어 연거푸 두 컵 분량의 물을 들이켰다. 안방으로 건너가 화장대 서랍 속을 뒤졌다. 약병 안에 남아 있던 신경 안정제 세 알을 꺼내어 한꺼번에 삼켰다.

열 시가 가까워지자 여자는 펭귄 캐릭터가 지그재그로 놓인 잠옷을 아들에게 갈아입혔다. 작은 몸뚱이를 가볍게 안은 다음 볼에다 입을 맞추었다. 그러면서, 어쩌면 어린아이의 몸이란 것은 이렇게 따뜻하고 포근할까, 생각했다. 아이 방을 나서자 쏟아지듯 약 기운이 돌았다. 눈꺼풀이 금방이라도 마주 붙을 듯 무거웠다. 저녁 설거지를 마치지 못한 여자는 금세 일어날 요량으로 옷을 입은 그대로 소파에 드러누웠다. 모로 누운 시선을 따라 돌아간 TV 화면에는 아들이 즐겨 보아서 여자도 보게 되는 코미디 프로그램이 재방영하고 있었다. 여자의 팔과 다리가 내려앉으며 혼란스러운 머리까지 꺼질 듯 소파 아래로 가라앉았다.

꿈을 꾸었다. 아니, 꿈이 아닌지도 몰랐다. 여자는 도로 한복판에 서 있었다. 지나다니는 차도 행인도 보이지 않아 유령만이 사는 도시처럼 느껴졌다. 갑자기 어디선가 들어본 것 같은, 급하게 차량이 멈추는 소리가 들렸다. 고개를 들었다. 푸른 하늘을 배경으로 담청색 가방이 여자의 시야에 들어왔다. 가방에 제 몸을 맡긴 아이는 무지개처럼 완만한 곡선을 그리며 날아갔다. 여자가 뛰었다. 최선을 다해 팔을 흔들고 다리를 움직였다. 아이가 바닥에 닿기 전에….

늦지 않게…. 그러나 어쩐 일인지, 몇 걸음 가기도 전에 발이 길바닥에 붙어 떨어지지 않았다. 주먹만 한 납덩이가 다리마다 하나씩 붙어 있는 것 같았다. 뛰어가는 것을 포기한 여자가 울음인지 외침인지 모를 고함을 질렀다. 애야, 나는 몰랐어…. 하지만 여자의 목소리는 미로처럼 복잡한 골목 사이로 흔적 없이 사라질 뿐이었다. 이렇게 될 줄 정말… 몰랐어…….

아이의 몸이 끝없이 추락하고 있었다.

파수(把守)

흰색 BMW가 아파트 정문 옆 모퉁이를 돌아 202동을 앞에 두고 멈춰 섰다. 화단 앞 주차선에는 점을 찍듯 서 있는 붉은 원뿔형 표지가 엄중했다. 운전석 문을 열고 내린 여자는 세찬 하이힐 소리를 올리며 주차선 모서리를 돌았다. 겹쳐 든 표지 꾸러미를 화단 옆에 내려놓곤 두 손을 턴 다음 승용차로 돌아갔다. BMW는 주차선 내 무사히 안착했다.

운전석에서 내려 정문 밖으로 나가는 여자의 뒷모습을 나는 끝까지 바라보았다. 수소문으로 빌려 온 표지 따위는 안중에 없었다. 그녀가 오늘 새로 선보인 패션은 무난한 편이었다. 어제는 몸의 곡선이 드러난 니트 원피스에 검은 밍크 조끼를 덧입었고 다른 날은 스팽글이 달린 숄로 몸을 감싸고 나타났다. 옷깃은 곧추세운 적이 많았고 몸에 붙는 재킷을 즐겨 입었다. 여자는 날마다 바뀌는 옷차림으로 우리 아파트의 맞은편, 돼지불백 식당과 정원분식을 지나 LED 간판이 번쩍거리는 휴대폰 대리점 옆에 자리한 성공 부동산 공인 중개사 사무소에 출근했다.

주차란 단어만 꺼내도 고개를 흔들던 관리 사무소 이모는 아무것도 소용없을 거라 단언했다. 주차 금지 경고장을 BMW 전면 창에 붙이는 데 신물이 난 관리 사무소장과 직원들이 돌아가며 여자를 만나 보았지만 별 성과가 없던 터였다. 남자들이라 여자 말발에 당해 내지 못해 그렇다며 경리 이모가 나섰다. 조목조목 따지는 이모의 말을 아랑곳하지 않으며 여자는 주차를 시도했고 조금 더 목소리가 높아진 이모가 BMW에서 내려 정문으로 향하는 여자를 향해 소리를 질렀지만 아무 영향도 끼치지 못했다.

동 대표들은 논의 끝에 오후 여섯 시 이후에만 운용하던 정문 차단기를 이십사 시간제로 바꾸었다. 하지만 아파트 정문 앞에 상가들이 몰려 있는 데다 초등학교까지 가까워 방문객 승용차가 차단기 앞에서 잠시라도 멈추면 대기하는 차량이 정문을 지나 이차선 도로를 점거하는 사태까지 종종 벌어졌다. 차단기는 다시 야간에만 작동하는 시스템으로 돌아갔다.

관리 사무소 이모가 참패한 지 일주일쯤 지났을 때였다. 늦여름 더위가 예열된 오븐 속 같던 그날 오후, 거실 창밖으로 보이는 흰색 BMW에는 한 냄비 가량의 음식물이 투척되어 있었다. 차 지붕에서부터 전면 창으로 흘러내린 모양새가 멀리서 보기에도 꽤 신경을 쓴 것 같았다. 누구의 짓인지는 중요하지 않았다. 여자의 존재가 신경 쓰이던 사람들은 이 사건이 가져올 결과만 궁금했을 뿐이었다. 오후 다섯 시, 202동 뒤편에 모습을 나타낸 여자가 자신의 BMW가 처한 상황을 발견하고 우뚝 섰다. 물끄러미 바라보더니 천천히 운전석의 문을 열었다. 몇 차례, 와이퍼가 움직이고 BMW는 평소와 같은 속도로 빠져나갔다. 그때까지도 우리는 이 작전의 성패를 낙관적으로 보고 있었다. 적어도 더 이상 여자가 나타나는 일은 없을 거라 여겼다. 하지만 다음 날, 흰색 BMW는 정확히 오전 아홉 시 삼십 분에 모습을 드러냈다. 우리가 더 기함한 이유는 전날의 음식물이 그대로 차 지붕에 보전되어 있다는 사실이었다. 여자는 말라붙은 버섯과 애호박 조각, 된장 찌꺼기를 이고 변함없이 아파트에 나타났다. 다행히 그 주 금요일에 억수 같은 빗줄기가 내렸고 그때가 되어서야 이 사건의 방관자들은 그녀의 정신력에 감탄하는 아침 루틴을 멈출 수 있었다.

"그 여자 또 웃지나 않았으면 다행이다."

"웃어요?"

이모의 목소리가 속삭이듯 낮아졌다.

"소리 내 웃는 것은 아닌데… 그냥 웃는, 그런 거 있지? 희한하게 사람 부아 돋우는."

나는 가까이 본 적 없는 여자의 얼굴을 머릿속에 그려 보았다. 눈은, 작고… 작을까? 코는 내려앉은, 퍼진 코. 입은… 문득 찢어진 입으로 웃고 있는 조커가 떠올랐다.

주말을 제외하고 매일 여자가 점거하는 자리는 우리 집에 배정된 주차 자리였다. 재작년, 입주민들 간 주차 분쟁에 골치 아파하던 입주자 위원회는 이웃 아파트 단지에서 시행하고 있는 '지정주차제'라는 제도를 도입했다. 당연히 추첨이리라 생각한 아버지와 나는 회의에 가지 않았는데 짐작과는 달리 배정은 선착순이었다.

그렇게 남은 여덟 개의 주차 자리 중 하나였고 201동을 돌자마자 위치한 탓에 아이들의 자전거나 보드가 툭하면 부딪치는 곳에 여자가 차를 세워 놓는 이유를 아무도 알지 못했다. 예전처럼 하루 종일 아버지의 랜드로버가 세워져 있었다면 고민할 필요도 없었겠지만. 그 무렵 봉사 활동을 시작한 아버지는 아침마다 차를 끌고 나갔다. 그러니까 날이 저물고 하얀 BMW가 자리를 떠난 지 삼십 분쯤 후면 아버지가 돌아와 차지하는 식이었다.

아버지는 여자의 행태를 전하는 내게 빈자리에 세우면 어떠냐고 하거나 세상인심 참 야박하다고 했다. 그 말을 하면서 아버지는 욕실 거울을 들여다보고 있었다. 센 머릿속을 헤집어 보고 성근 머리카락을 옮겼다. 아버지는 요즘 부쩍 세상사에 너그러워진 듯했다. 값비싼 물품 광고를 볼 때마다 뱉던 욕설은 어느 날인가부터 자취를 감췄다. 필수적이지 않은(올리브영에서 골라 온 핸드크림이나 샤넬 남성용 향수 같은) 화장품을 사는 일이 늘어났고 다이어트 계획을 세우거나 내 인스타에 호기심을 보이며 이것저것 물어보기도 했다.

나는 여자에 드는 반감을 정확히 설명할 수 없었다. 우리 권리를 지키고자 하는 정당성을 내세우고 싶었지만 망설여졌다. 고분고분하지 않은 여자의 태도에 비위가 상했는지도 몰랐다. 어떤 이유에서건 입 밖으로 내어 말하기에는 유치했다.

현관 쪽으로 몸을 돌리던 아버지가 머뭇거렸다. 나는 식탁 의자 위에 막 널브러지려던 허리를 재빨리 일으켜 세웠다.

"저기, 도로 건너편에 공사하는 아파트, 이제 거진 다 지었더라."

"나중에 얘기해요."

혀를 차는 소리가 들려왔다.

"뭘, 들어 보지도 않고…."

아버지는 말을 계속하려다 말고 내 쪽으로 시선을 주었다. 그 표정이 무엇을 뜻하는지 나도 알고 있었다. 한 번 더 반문해 주길 바라는 속내. 이번에야 말로 결정하겠다는 속셈. 나는 그럴 때마다 보란 듯 안방으로 들어가 청소를 시작했다. 지금은 내 잠자리가 된 엄마의 보료를 침대에서 내리고 베개 커버를 벗겼다. 내가 그러면 아버지는 새 아파트로 이사 가야겠다던가 집이 오래되어 수리할 곳이 자꾸 생긴다 같은 말을 하지 못했다. 출입문이 닫히는 소리를 들은 뒤, 나는 진공청소기 모드를 바꾸어 이불의 먼지를 흡입했다. 때때로 청소를 멈추고 침구를 들어 세심하게 살폈다. 손가락 두 마디 정도나 될까. 가늘고 짧은 엄마의 머리카락은 끈질기게 나타났다. 보료의 솔기 사이나 장롱 서랍 안 바닥 같은 곳이 특히 그랬다.

4기가 되어서야 발견한 엄마의 난소암은 폐와 대장, 임파선까지 전이된 상태였다. 자궁 적출 수술을 하자마자 여섯 차례의 항암 치료가 이어졌고 곧이어 신변 정리할 것을 권유받았다. 엄마는 치료 과정에서도 운이 좋지 못했다. 1차 항암부터 시작된 구역감은 치료를 쉬는 기간까지 따라다녔다. 나는 엄마를 위해 죽을 끓이고 살코기 위주의 영양식을 만들었지만 소화되지 못한 음식을 방바닥에서 확인하는 일만 빈번해졌다.

　엄마를 병원에 데리고 다니는 것밖에 하지 못했던 아버지는 내가 간병의 주체가 되는 순간, 배우자를 돌보는 의무에서 망설임 없이 물러섰다. 기본 생활 물품이나 급하게 필요한 음식 재료 정도만 나르는 식이었다. 자연스럽게 아버지의 여유 시간이 늘었다. 압력 밥솥의 사용법을 몰라 끼니를 거르는 하루처럼 아버지는 다룰 줄 모르는 일상을 내버려 두는 식으로 지냈다.

　둘만 남은 생활이 시작되고 해를 넘겼을 때였다. 아버지가 인터넷 지역 커뮤니티를 통해 봉사 동호회에 가입했다고 선언했다. 봉사란 이타심의 발로라는 개념을 가지고 있던 나는 놀라지 않을 수 없었다. 얼마나 갈까 싶었는데 생각보다 꾸준했다. 동호회원들과 친목을 도모한다며 나들이를 다녀오기도 했다. 회원들의 면면에 대해서는 말하려고 하지 않았다. 우리는 한집에서 함께 밥을 먹으며 다른 세상에 살고 있었다.

도대체, 너는, 어떻게.

아침부터 줄곧 피하고 있던 연지의 목소리가 같은 높이를 반복하며 휴대폰에서 울렸다.

"미친년아, 지금 상황이 어떤지 알고 있기나 한 거야? 선배가 바로 연락 왔더라. 네 친구, 어디 치료 좀 받아야 하는 거 아니냐고."

지금은 잠자코 내 친구의 짜증을 참아야 할 상황이었다.

"아… 그래."

"그래? 그래가 무슨 뜻이야?"

그럴 수도 있지라는 뜻.

"너, 그 자리 놓치면 후회한다. 그 회사가 소규모니까 인맥으로 비서를 뽑지, 아니면 너한테까지 기회가 왔겠어?"

하지만 연지의 선배라는 남자는 도와주는 자리라고만 했다. 납품 계산도 도와주고 홍보 쪽 지원도 좀 하고, 다양한 일을 조금만 하면 된다고. 무엇을 하는 기업인지 묻자 중국과 '뭘' 무역한다는데 '뭘'이 무엇인지는 잘 모르겠다고 말했다. 알려 준 번호로 연락하자 조 상무라고 소개를 한 남자가 회사가 입주해 있는 건물 위치를 알려 주었다. 회사 이름은 월드상사였는데, 밖에서 간판을 찾기 어려우며 숲—레지던스 호텔이 바로 옆 건물이니 그쪽으로 찾아오면 된다고 했다.

커피 한 잔으로 아침을 대신한 나는 셔츠와 블라우스를 갈아입은 다음 집을 나섰다. 미리 알아놓은 지하철역에 도착해 숲—레지던스 호텔 방향 출구로 나왔다. 멀리 호텔 상층이 보였고 짐작 가는 방향대로 걸었다. 꽤 걸었는데 이상하게 호텔은 가까워지지 않았다. 대각선으로 놓인 횡단보도를 건너자 두 겹의 이차선 고가 도로에 가로막혔다. 고속으로 달리는 차량과 부채처럼 펼쳐진 가로수는 시야를 가리는 복병이었다. 눈앞에 빤히 보이는 장소임에도 갈 길을 찾을 수 없다는 사실에 막막해졌다. 내비게이션 앱을 열었다. 호텔 이름을 치고 도보 루트를 검색했다. 화면에서 직선인 길은 완만하게 구부러져 있었고 시선보다 위쪽이라 잘 보이지 않는 도로는 팔차선으로 나와 있었다. 도로를 가로질러 가는 방법은 이백 미터 정도를 내려가야 나오는 횡단보도가 최선이었다.

나는 어쭙잖은 감각으로 길을 모색하려던 의욕을 누르고 지하철역으로 다시 내려갔다. 여러 갈래의 통로 중 호텔 내부로 연결되는 방향으로 걸었다. 좀 전의 고생이 우스울 정도로 바로 숲-레지던스 호텔 지하층에 도착할 수 있었다. 호텔 정문을 거쳐 밖으로 나왔다. 곧장 옆 건물로 들어가 승강기에 올랐다. 약속 시간은 이십 분가량 지나 있었다.

월드상사의 출입문을 열자마자 먼저 눈에 들어온 건 대형 수조였다. 물레방아 모형과 녹색의 플라스틱 해초가 들여다보이는 장방형 수조. 언제 마지막으로 청소했는지 물고기 배설물과 찌꺼기가 바람에 밀려다니는 먼지처럼 떠다녔다. 수조 너머에서 중년의 남자가 번쩍, 손을 드는 모습이 보였다.

소파에 앉자마자 조상무는 한숨부터 쉬었다. 배짱이네요, 면접에 늦고. 곧이어 내가 입은 살구색 블라우스와 검은색 정장 바지를 평가하듯 바라보았다. 출력한 이력서를 들고 한참 훑던 그는, '스토리텔링과'란 전공을 처음 들어 본다며 이런 과는 무엇을 배우느냐고 물었다. 이전 경력을 묻는 단계에선 대표와 두 명의 직원이 모든 업무를 처리하는 출판사가 가능하냐며 궁금해했다. 남자 친구는 있어요? 결혼 계획은 없고? 쳐다보는 내 표정이 마음에 걸렸을까. 회사 사정상 기혼자는 다니기 어려워서 확인한 것뿐이라고 둘러댔다. 사무실 구석으로 걸어간 조상무가 미니 냉장고 안에서 박카스를 꺼내 왔다. 탁자 위로 내민 병을 쥐는데, 두툼한 손가락이 내 손등을 스치고 지나갔다.

그는 업무보다 주로 자신의 일상사를 늘어놓았다. 대표의 신뢰가 버겁다는 이야기며 캐나다에 있는 가족 이야기, 종종 혼자 필리핀으로 골프 여행을 다녀온다며 자랑했다. 나는 조상무의 음성을 흘려들으며 건너편을 응시했다. 수조에는 검고 붉은 몇 마리의 관상어가 부유물을 헤치며 돌아다니고 있었다. 그중 몇 마리를 눈으로 따라가던 나는 얼룩덜룩한 덩어리 같은 게 수조 유리면에 붙어 있는 것을 발견했다.

소파에 등을 기댄 조상무가 말했다. 내가 그제도 면접 심사를 했어요….

"그래서 말인데 요즘 엠지 세대들은 참, 뭐랄까, 아직은 사회를 모른달까."

나는 미간을 좁히고 초점을 맞춰 덩어리의 정체를 밝히는 것에 집중했다. 그러다, 동그란 그것의 윗부분이 규칙적으로 여닫히는 걸 포착했다. 아하, 저것도 물고기구나.

"손해를 보지 않으려는 게, 그게 말하자면 근시안인 건데. 이득을 챙기려면 처음에는 투자가 필요하다는 것을 모르니 안타깝지."

아가미를 확인하고 나자 유선형으로 빠진 몸체라든가 잠자리 날개 조각 같은 지느러미가 양옆에 붙어 있는 것도 눈에 들어왔다.

"고용하는 입장은 실수할 수밖에 없는 젊은 직원을 거두는 것도 일종의 모험이거든."

관상어는 한껏 벌린 입을 유리면에 부착한 상태였다. 그걸 보는데 나도 모르게 입가가 뻣뻣해졌다. 제 몸의 무게를 온전히 지탱하는 그 발버둥이 고스란히 전해져 온 것이다. 나는 그 관상어가 생존하기 위해 붙어 있는지 단지 쉬고 있을 뿐인 건지 궁금해졌다.

"그래서 말인데, 한… 육 개월 정도는 경험을 쌓는다 생각하고 보수에 연연하지 말고…."

자칫 꺾이려는 발목에 힘을 주어 의자를 밀고 일어섰다. 출구 가까이 걸어가니 관상어의 모습이 더 또렷해졌다. 얼룩덜룩한 색은 배 부분의 흰 무늬와 거무스름한 등이 섞여 보였기 때문이었다. 수조 앞에 멈춰 선 다음 허리를 굽혀 관찰했다. 분명 아가미를 통해 호흡하고 있었다. 하지만 몸통과 꼬리에 달린 지느러미는 기포기가 만들어 내는 수류에 흔들리고 있을 뿐 자력으로 움직이고 있지 않았다.

수조 위로 한 손을 올렸다. 검지를 담근 다음 물살을 만들어 냈다. 파문이 일자 균일하게 퍼져 있던 부유물이 회오리쳤다. 관상어의 꼬리지느러미가 나부꼈고 몸체가 움찔거렸다. 그러나 헤엄칠 생각은 없는 듯 관상어는 유리면에서 떨어지지 않았다. 나는 손가락의 속도를 올려 수면에 동심원을 그려 대었다. 조금 더, 조금 더… 헤엄을 쳐 봐.

갑자기 등 뒤에서 외마디 소리가 들려왔다. 아니, 저! 뒤통수 언저리에 소파 옆에서 노려보고 있을 조상무의 시선이 느껴졌다. 허리를 일으키는 동시에 출구로 향했다. 닫히는 승강기 문 사이로 수조 너머 엉거주춤하게 선 그의 모습이 우스꽝스러웠다.

나는 연지에게 내가 겪은 느낌을 어떻게 전달해야 할지 알지 못했다. 뻔히 보이지만 쉽게 가닿지 않았던 숲-레지던스 호텔에 대해, 내가 의존할 수밖에 없는 상대가 알려 준 길과 실제의 그것이 다른 사실에서 오는 배신감에 대해, 그리고 입을 벌려 수조에 붙어 사는 생존 방식에 대해….

"뭐라도 해야, 잖아…."

한숨을 섞으며 달래듯 연지가 말했다.

"그렇지, 알지…."

그렇지, 알지. 뭐라도 해야 하는 거.

엄마가 4차 항암을 끝냈을 즈음, 나는 여섯 명의 에세이 모음집 교정과 편집을 맡고 있었다. 여섯 명의 에세이를 정리하는 작업은 여섯 권의 책을 교정하는 것만큼 에너지를 소비하는 일이었다. 백화점 문화 센터 글쓰기 클래스로 만났다는 중년의 여성들은 각자 성격이 달랐고 요구 사항도 달랐으며 문장 대부분을 손봐야 하는 점은 같았다. 나는 해묵은 열정의 손과 발 노릇을 하며 소규모 출판사에서 일하는 것에 회의를 느끼고 있었다.

출판사 대표가 자신의 대학 동창이기도 한 자기 계발 강사의 원고를 추가로 보내왔을 때, 나는 휴가 얘기를 꺼냈다. 암 투병 중인 엄마가 있다는 사실이 적절한 핑계가 되어 주었다. 선뜻 승낙 의사를 밝히지 않던 대표는 먼저 엄마의 안부를 친절하게 물은 다음 에세이집의 진척 사항을 확인했다. 그러곤 대뜸 기획부장의 약지 못한 행동을 비난하기 시작했다. 마케팅을 맡은 사람이 눈치가 빠르지 못해 홍보에 지장이 많다고 툴툴거렸다. 나는 조용히 그의 말을 경청했다. 같은 방식으로 대표가 기획부장에게 내 이야기를 하는 것을 이미 알고 있었다. 특히 출간한 책을 포장하느라 야간까지 작업이 이어질 때, 대표는 자리에 없는 직원의 업무 능력을 비판하곤 했다. 그의 직원 관리 방식은 욕을 먹는 당사자가 아닌 듣고 있는 사람의 위기의식을 자극했다. 위치를 점검하게 만들고 근무하지 않는 순간에도 지켜보고 있는 것 같은 불안을 느끼게 했다.

일주일에서 삼 일 줄어든 휴가를 얻어 집으로 내려왔다. 항암 치료의 후유증을 겪는 엄마를 대신해 집안일에 나섰다. 삶의 막바지를 직감한 엄마는 오랜 시간 유지한 몇 개의 보험과 집안의 재정 사항을 알려 주었다. 암 환자에 대한 국가의 의료 지원 덕에 삼십오 년 근속한 아버지의 퇴직금 이억은 크게 축나지 않은 상태였다. 그보다 놀라웠던 사실은 매달 아버지 이름으로 들어오는 연금의 액수였다. 언제 끝날지 알 수 없는 기한까지 계속 받을 수 있는 연금은 주말 특근 수당을 포함한 내 급여보다 백여만 원이 더 많았다. 의무적으로 빠져나갔던 세금과 일하지 않아도 받을 수 있는 아버지의 연금이 엇갈리며 혼란스러웠다. 나는 휴가가 끝난 후에도 출근하지 않았다. 사직서는 메일로 제출했다.

미리 집으로 돌아온 덕에 아버지와 나, 둘만의 생활은 무리 없이 시작할 수 있었다. 물론 나란 사람은 엄마만큼 살림살이에 유용하지 않기 때문에 집안에서의 존재 가치를 좀 더 증명할 필요가 있었다. 앱을 다운받아 우편으로 편중되어 있던 공과금을 처리했고 그것도 여의치 않으면 메일로 전환해 쓸데없는 과정을 줄였다. 인터넷으로 조금씩 따라 배우며 음식 솜씨도 늘었다. 혼자 살 땐 먹지 않던 아침 식사도 거르지 않고 차렸다. 그렇다고 무조건 아버지에게 맞추는 식은 아니었다. 가정에 헌신한 엄마의 체계를 잇되 희생으로 삶을 날려 버리는 정도는 아닌 방식이랄까. 관리 사무소에 끊임없이 주차 관리를 요청하는 이유도 그 일환이었다. 하자 없이 내가정을 관리하기. 우리 소유에 타인이 점유하지 못하게 지키는 것. 의무이자 당연한 권리.

인터넷으로 자동차 타이어 펑크 사고를 검색했다. '못'이 연관 검색어로 떴다. 처벌 조항에 신경이 쓰였지만 그 아래, 직접적으로 사고를 내지 않으면 범인을 찾기 힘들다는 문구에 용기를 얻었다. 마트에 들렀다. 인테리어 코너에 비치된 삼 센티미터 길이의 못부터 팔 센티 대못까지 열두 개를 구매했다. 어쩐 일인지 성에 안 찼다. 집으로 돌아와 신발장 서랍을 뒤졌다. 자투리 철사를 찾아내 손가락 길이만큼 절단한 다음 꼬부라뜨렸다.

이 지루한 싸움을 끝낼 준비를 마쳤다.

아침이 될 때까지 내내 잠을 이루지 못했다. 냉동실에서 누룽지를 꺼내 끓는 물에 넣을 때도, 아침 식사를 마친 아버지가 집을 나선 후에도 울렁거리는 가슴을 진정시키기 어려웠다. 끝까지 불안하게 만드는 요소 중에 201동 출입문 옆 CCTV가 있었다. 카메라에 녹화되지 않게 최대한 벽에 붙어 걸었지만 완벽하게 피했을지는 의문이었다. 더구나… 못들이 바닥에 구르는 소리가 상당히 컸다. 인적이 드문 시간대를 택하느라 새벽에 나간 거였는데. 적막한 시간에 울리는 생경한 소리에 누군가 내다보았을지도 모를 일이었다.

엄마한테 처방된 약제를 모아 놓은 구급함을 뒤졌다. 모르핀 성분의 진통제가 눈에 들어왔다. 마음을 안정시키는 약은 아니었지만 담대해지게 만들어 줄 것 같았다. 두 알을 삼켰다. 그러곤 거실에 붙박고 서서 시간이 흐르길 기다렸다.

늘 그랬듯, 흰색 BMW가 아파트 정문에 들어섰다. 201동 모퉁이를 돌고 꽁무니를 틀어 후진할 때까진 아무 일도 일어나지 않았다. 머리를 반대로 돌린 BMW가 주차선에 바르게 대기 위해 다시 전진하며 서 있던 자리를 지날 때였다.

짧고, 단순하지만 놀라우리만큼 큰 소리가 났다.

불현듯 예전에 겪었던 일이 떠올랐다. 같은 라인 4층인가 5층쯤에서 밤새도록 벌어지던 부부 싸움. 소음을 외면하려 이어폰을 꽂고 음악을 재생했는데 거실 창밖으로 휴대폰이 떨어지는 게 보였다. 슬로우 화면을 재연하듯 천천히, 순간을 새겨 넣듯 느릿하게…. 나는 딱딱한 가전제품이 바닥에 떨어져 부서지리라는 걸 인지하고 있었다. 당연하지 않은가. 그럼에도 아파트 보도에 휴대폰이 부딪치는 순간, 예상 못한 일이 벌어진 듯 비명을 질렀었다.

급정거 소리가 이어졌다.

진입로를 벗어난 BMW는 반 바퀴를 회전한 뒤 대각선 방향으로 정지했다. 소리가 그치니 시간도 따라 멈춘 듯했다. 운전석 문이 열리고 여자가 내려섰다. 호피 무늬 털코트에 가죽 스커트 차림이었다. 발걸음을 빠르게 옮기던 여자가 비틀거렸고 사람이 다칠 수 있다는 생각까지 못했던 나는 덜컥 겁이 났다.

차체 아래를 들여다보던 여자가 다리를 치켜들어 뒷바퀴를 가볍게 찼다. 팔짱을 끼더니 두리번거렸다. 그 순간, 우리 집 방향을 향해 여자의 시선이 머물렀다. 나는 황급히 거실 창가에서 몇 걸음 물러났다. 여자가 휴대폰을 꺼내더니 누군가와 통화를 했다. 보험 회사를 부르는 것일까. 돌발적인 사고에 맞닥뜨린 여자는 무슨 생각을 할까. 큰일 날 뻔했다며 가슴을 쓸어내릴까. 누군지도 모를 가해자에게 쌍욕을 뱉고 있을까. 나는 뻣뻣해진 어깨를 좌우로 움직여 보며 상황을 지켜보고 있었다.

정문에서 머리숱이 반쯤 빈 남자가 급하게 들어설 때만 해도 나는 현실을 직시하지 못했다. 아버지는 한 손으로 휴대폰을 쥔 채 다른 손을 들어 여자에게 도착을 알렸다. 아침에 덜 마른 것 같아 입고 나가는 걸 말렸던 남색 점퍼가 등짝에 감겨 흐느적거렸다. BMW의 바퀴를 살펴보던 아버지가 무언가를 주웠다. 바퀴 터지는 소리에 나타난 게 틀림없는 경비원을 향해 바닥을 가리켰다. 전화를 걸었고 그 와중에 한 손으로 부지런히 못을 찾는 듯했다. 쳐다보고 있는 여자에게로 아버지가 다가갔다. 이마를 숙인 그녀와 고개를 맞추고 등허리를 쓸어내렸다.

경광등을 번쩍이며 견인 트럭이 나타나기 전까지, 아버지와 여자는 같은 자리에 서 있었다. BMW를 연결한 트럭이 움직이자 터진 바퀴에서 나는 마찰음이 떠들썩하게 울렸다. 아버지와 여자는 BMW가 사라진 정문 밖으로 함께 걸어 나갔다.

주방 개수대 안에는 법랑 냄비와 그릇들이 켜켜이 쌓여 너저분했다. 누룽지를 끓였던 냄비를 잡고 개수대 밖으로 끄집어냈다. 그랬더니, 적당히 오목해서 요긴하게 쓰였던 샐러드용 접시의 이가 나 있는 걸 발견했다. 언제, 무슨 이유로 훼손되었는지 알 수 없었다. 냉장고 문을 열었다. 저녁거리를 할 만한 게 보이지 않았다. 냉동실을 여니 안쪽에 랩으로 싸 놓은 정체 모를 식료품이 눈에 들어왔다. 앞쪽에 가린 비닐들을 헤쳤더니 동태 한 마리가 머리를 내밀었다. 나는 단단히 언 물고기를 집어내어 움푹하게 꺼진 회백색 눈알을 응시했다. 아버지는 동태로 만든 음식이라면 가릴 것 없이 좋아했다. 그럼 아버지가 넣어 놓은 것일까? 냉동실 안쪽과 쌓인 식기 아래 그리고 또 어느 곳에 내가 모르는 비밀이 있을까.

아버지는 해가 떨어지고도 한참이 지나 돌아왔다. 머리는 산발이 되어 있었고 남색 점퍼에는 검댕이 지저분했다. 저녁은요? 응? 응, 나는 먹었다. 생각할 새도 없이 퉁명스러운 목소리가 튀어나왔다. 전화라도 주셨어야죠. 눈치를 보는가 싶던 아버지는 욕실로 들어가자마자 목청을 높여 말했다.

"요즘 희한한 또라이들이 참 많아. 어제 뉴스에도 묻지 마 폭행이 나더니. 지 사는 일이 맘대로 안 된다고 죄 없는 사람한테 분풀이하는 게 말이 되냐."

별 호응을 받지 못한 아버지는 곧장 작은방으로 건너갔다. 얼마 지나지 않아 굳게 닫힌 문 사이로 소곤대는 목소리가 새어 나왔다. 그럼, 그럼…. 이제껏 아버지의 방에서 나는 소리가 지금처럼 잘 들린다는 걸 나는 모르고 지냈다. 아니, 들렸지만 주의를 기울이지 않았던 거겠지. 고개를 꼿꼿이 들고 걸어가던 여자와 다정한 어조의 아버지는 얼마나 많은 시간을 나누었을까. 나는 아버지가 늘 못마땅해하던 내 버릇, 이를테면 밥맛이 없을 때 턱을 괴고 먹는 것조차 여자가 알고 있을지도 모른다는 생각이 들었다. 숨어서 거실 창밖으로 그녀를 관찰하는 동안 창밖의 여자는 내밀한 내 사생활까지 들여다보았을 터였다. 나는 눈을 감고도 아버지의 작은방에 십 년 넘은 43인치 TV가 협탁 위에 있는 것을 그릴 수 있다. 백 개의 옥돌이 깔린 자석요와 필름이 벗겨진 장롱 손잡이까지 훤하다. 하지만 지금 아버지의 방은 낯설고 이질적이었다. 잡힐 것처럼 보이지만 손을 뻗어 보면 닿지 않는 곳. 같은 언어임에도 공유하지 못하는 이야기들. 지금 내가 굳이 그들의 세상을 깨뜨릴 필요가 있을까. 깨뜨릴 수나… 있을까.

고무장갑을 벗고 휴대폰을 챙겨 들었다. 집을 나서자마자 화단을 가로질러 걸어갔다. BMW가 있던 자리에는 어지러운 스키드 마크가 또렷했다. 지나쳐 가려는데 미처 수거하지 못한 철사가 눈에 들어왔다. 나는 사람들이 다칠세라 서둘러 구부러진 철사를 주웠다.

사철나무 담장을 통과한 바람이 코트 자락 사이로 파고들어 왔다. 정문을 나서 보도를 따라 걸었다. 은행을 가거나 편의점을 갈 때, 수없이 지나갔던 길이었다. 무감하게 고개를 돌려보는데 빈 상가 하나가 발목을 붙잡았다. 돼지불백 식당을 지나 다섯 종류의 라면을 파는 정원분식 옆, 전국에서 제일 저렴한 휴대폰을 판매하는 대리점 다음이었다.

성공 부동산 사무소가 없어진 걸 나는 지금껏 모르고 있었다. 출입문에 안내 글도 없어 이전한 건지 폐업했는지 알 길이 없었다. 상가는 오렌지색 가로등 빛을 받아 휑한 속을 내보이고 있었다. 문짝이 덜렁거리는 싱크대 한 짝이 보였고 다리가 부러진 의자가 엎어져 있었다. 어스름한 조명에 드러난 공간은 음험하면서도 몽환적이었다.

나는 유리창에 이마를 박은 채, 연지한테 카톡을 보냈다. 그녀는 막 팀 회식에서 돌아와 화장을 지우는 중이라 했다. 재밌었냐고 물으니 내 친구 연지는 단지 의무였을 뿐이라고 대답했다. 나는 그녀에게 어제 통화에서 하지 못했던 이야기를 꺼냈다.

너 빨판 같은 입을 가진 물고기 알아?

그런 게 있어?

있어.

왜 입이 빨판인데?

그걸로 어딘가에 딱 붙어 매달려야 하거든.

왜 매달려?

나도 모르지.

잠시 침묵하던 연지가 되물었다. 근데 그 물고기가 왜?

키워 볼까?

뭣 하러?

헤엄칠 수 있는지 궁금해서.

헤엄칠 수 있겠지, 물고기니까.

그럴까?

그렇지.

연지의 답에 기분이 가벼워졌다. 나는 새로 발견한 상가를 연지에게 소개했다. 레몬색 페인트를 칠하면 밝고 활기차 보일 상점이라고 했다. 가벽을 세워 작은 내실을 만들고 안쪽으로 주방을 들이면 제법 쉴 수도 있는 곳이라고. 연지는 그곳에서 무엇을 하고 싶냐고 물었다. 나는 잠시 생각하다 내가 좋아하는 책만 골라 비치해 놓은 독립 서점을 하고 싶다고 답했다. 카운터 안쪽 나무 의자에 앉아 반투명한 유리문 너머 지나가는 사람들을 바라보기에 적당할 것 같다고. 연지는 듣기에 괜찮아 보인다고 했다. 뭐라도 하면 되는 거라고. 그것으로 충분하다며.

상승 기류 속으로

한쪽 무릎을 꿇고 방수포의 지퍼를 열었다. 빠진 것이 없는지 찬찬히 훑었다. 다발로 묶여 있는 알루미늄 바를[1] 끄집어내니 손에 밴 습기 때문인지 미끄러져 돌았다. 접혀 있던 날개 자락에는 갈색 때 줄이 선명했다. 수년간의 다림질로 남아 버린 바지선 같달까. 알코올을 묻혀 닦아 보기도 했지만 소용없었다.

덜그럭. 한쪽 날개가 바위를 살짝 긁었다. 다른 장소로 옮길까 고민이 들었지만 크게 방해가 될 것 같지 않았다. 상당 부분 조립을 끝낸 행글라이더는 중년의 남자 혼자 옮기기엔 버거운 무게였다. 갑자기 잠잠하던 능선 아래에서 매서운 바람이 쳤고 양력을 받은 파란 행글라이더가 펄쩍, 널을 뛰었다. 나는 기체가 움직이지 못하도록 몸의 무게를 실어 기댔다.

---

[1] 바(Bar): 막대. 행글라이더 조립에 사용되는 금속 부품 (출처: 세계만물 그림사전, 궁리출판)

산자락 아래 검은 등산 점퍼 차림으로 올라오고 있는 권이 보였다. 바위와 바위 사이를 타는 동작이 늘 그렇듯 능숙했다. 군살 없는 체격이었지만 얼굴과 목처럼 드러난 피부는 거칠었다. 수년간 자외선에 노출되었던 탓이리라. 칠 년 만에 권을 만났을 때, 눈썹 숱이 반쯤 빠진 얼굴이 낯설어 한참을 쳐다보았다. 오랜만에 뵙습니다. 인사말을 들은 다음에야 나는 예전 그의 모습을 떠올릴 수 있었다. 카랑카랑한 목소리는 변치 않고 그대로였다.

바람이 부는 쪽으로 고개를 돌렸다. 기류의 방향과 강도를 가늠하기 위해서였다. 권은 지형에 따른 기후의 변동성에 유의해야 한다고 당부했다. 섣불리 예상했다 뒤통수를 맞는 일이 적지 않다고 덧붙였다.

완성된 행글라이더는 삼각형의 컨트롤 바를[2] 의지해 앉아 있었다. 양옆으로 뻗친 날개가 제법 호기로워 보였다. 하늘은 바람 한 점 없이 맑았는데 비행하기에는 적합하지 않은 날씨였다. 성공적인 처녀비행을 위해서라면 다음으로 미루는 게 현명할 터였다. 하지만 다시 하루란 시간을 권에게 요청하기 망설여졌다. 오후부터 달라질 것이라는 기상청 예보를 믿어 볼 수밖에.

"너무 건조한데?"

---

2) 컨트롤 바(Control bar): 조종사가 중심에 자리하여 기체를 조정하기 위한 삼각형 막대 (출처: 세계만물 그림사전, 궁리출판)

어느새 곁에 선 권이 숨을 몰아쉬며 물통을 꺼내 들었다. 그는 기상 조건을 확인하기 위해 둔덕 아래까지 내려갔다 돌아온 참이었다.

"비행할 때 판단할 수 있는 시간이 넉넉해야 좋은데…. 아무래도 체공 시간이 짧을 것 같으니 무사히 내려가는 것으로 만족해야겠습니다."

나는 고개를 끄덕였다. 정상 비행만 성공한다면 상관없었다. 궁극적인 목표가 시간인 것도 아니고.

권은 바람을 기다리는 동안 워밍업 겸 컨트롤 연습에 들어가자고 말했다. 나는 하네스를[3] 들어 올려 양팔에 끼우고 감싸듯 걸쳤다. 칠이 벗겨진 빨간 헬멧을 머리에 쓰고 컨트롤 바 앞에 섰다. 하네스에 달린 은빛 비너를[4] 본체에 건 다음 조심스레 몸을 실었다. 우묵하게 행글라이더의 중심축이 가라앉은 순간, 기체를 점검하려는 심산이었는지 권이 경고도 없이 앞머리를 눌렀다. 미처 잡을 새도 없이 상체가 앞으로 내달렸다. 깡! 킬 바에[5] 돌진한 헬멧이 사정없이 부딪쳤다. 크게 아프진 않았으나 귓가에 벌 떼 우는 소리가 돌았다. 이런! 어색한 웃음을 지은 권이 재빨리 앞머리를 들어 수평을 잡아 주었다.

나는 지시에 따라 왼쪽과 오른쪽을 번갈아 움직이며 방향 트는 연습을 했다. 작은 동작 몇 번에 등줄기가 흥건해지고 가슴은 뻐근

---

3) 하네스(Harness): 조종사를 지지하여 행글라이더에 연결하는 장치 (출처: 항공우주공학용어사전, 새녘출판사)

4) 비너(Biner): 잠금 고리. 하네스와 행글라이더를 연결하는 부속

5) 킬 바(Keel bar): 행글라이더의 중심부터 꼬리까지 관통하는 막대

해졌다. 빨라진 호흡을 따라 마른 흙이 입 안으로 들어와 씹혔다. 더 이상 견디기가 힘들어졌을 때, 하네스 밖으로 탈출했다.

어렵게 찾아간 활공장에서 나는 주제를 알지 못하고 겉멋만 든 사람으로 취급당했다. 쉰일곱의 나이. 소싯적 행글라이딩을 수십 번 경험한 사람이라도 다시 시작하기에 무리인 조건이었다. 군에서 낙하산 하강 훈련을 해 봤다며 거짓말까지 보탰지만 교관들은 웃기만 했다. 패러글라이딩은 어떻습니까? 그건 낙하산 같은 거라 조작도 간단하고 무게도 훨씬 가볍습니다. 더 안전하구요. 그나마 상대를 해 주는 사람들의 조언이었다. 나는 그들에게 원하는 목적이 무엇인지 명확하게 전달할 필요를 느꼈다. 상승 기류를 타는 게 목적이라서요.

몇몇 행글라이딩 동호회를 수소문하다 보면 자연스레 권의 소식을 접하곤 했다. 그는 몇 년간 국가 대표로 활약하다 최근엔 관광지에서 행글라이딩 체험 놀이를 운영하며 생계를 유지하고 있었다. 권을 추천하는 사람들이 많았지만 나는 은연중에 그를 피하려고 했다. 더 이상 선택의 여지가 없어졌을 때 비로소 연락을 취했다.

권은 구차한 질문 따위는 하지 않았다. 인사부터 했고, 목표를 물은 다음, 각오를 단단히 해야 할 것이라며 으름장을 놓았다. 우리는 다음 날부터 바로 훈련에 돌입했다. 처음엔 산을 오르는 것조차 쉽지 않았다. 몇 발자국만 올라도 엉덩이에 바위를 단 듯 지체하기 일쑤였다. 권은 내가 충분히 자신을 따라잡을 때까지 기다리기를 거듭했다.

휴대폰 벨 소리가 산 정상의 적막을 깨뜨렸다. 우리는 권이 벌이를 하는 유원지 뒤편, 해발 사백 정도 되는 산에 원정 와 있었다. 행글라이딩을 경험하려는 관광객이 평소보다 몰리는 날이면 권의 휴대폰 소리는 끊임없이 메아리쳤다. 권이 떨어져서 통화를 하는 동안 나는 착륙지로 가는 루트를 복기했다. 바람이 없는 날엔 지형이 만들어 내는 기류에 의지할 수밖에 없어서 미리 비행 코스를 생각해 보는 건 중요한 준비였다. 산 아래, 타원형의 호수와 유영하고 있는 오리 배가 한가로웠고 중턱에는 알록달록한 색으로 장식한 행글라이더가 시선을 끌었다. 하네스를 착용한 남자가 관광객으로 보이는 여자에게 손짓을 섞어 가며 설명하는 모습이 눈에 들어왔다. 다른 사람의 무게까지 더한 행글라이더를 들고 뛰어야 하는 팬덤 파일럿. 오색의 기체는 곧바로 탄력을 받아 산등성이 위로 떠올랐다. 까아악, 이인용 행글라이더에 탑승한 관광객의 비명이 산까마귀 울음처럼 요란스러웠다.

"궁금한 게 있소."

바를 연결하고 있던 권이 돌아보았다.

"나야 뭐, 잠깐 타는 거라지만, 선수들은 대회 같은 장시간 비행 중에 화장실이 급하면 어떻게 해결합니까?"

아아. 짧은 탄식을 뱉은 그의 입가가 넌지시 올라갔다.

"정 급하면 선택해야죠. 비행을 포기하든가, 공중 방뇨를 하든가."

"공중 방뇨?"

권이 장난스러운 손짓으로 지퍼 내리는 모습을 재현했다.

"한쪽 손으로 행글라이더 컨트롤을 하면서 다른 손으로 하네스를 열어요. 그다음 잽싸게 바지 지퍼를 내리고, 꺼내서, 뿌리는 거죠."

저런. 내 입에서도 비실비실 웃음이 새어 나왔다.

"해 본 적 있소?"

"딱 한 번…. 국가 대표 뽑는 대회라 포기할 수가 없어서요. 전날 오랜만에 만난 선수들과 맥주 좀 마셨는데 그런 상황이 닥쳐서 얼마나 후회했는지 모릅니다."

공중에 떠서 해결한 생리 현상…. 상상이 가면서도 영화에서 본 초능력자의 치기처럼 터무니없는 느낌이었다.

"기분이 어떻든가요?"

"기분요? 글쎄. 그땐 당황스러웠는데 지나고 나니 꽤 스릴 있는 기억이던데요?"

스릴이라…. 그리고 우리는 동시에 입을 다물었다. 아마 그건 스릴이란 단어가 가지고 있는 보편적 의미를 넘어 개인적이고 공통적인 기억 속으로 들어섰기 때문이리라. 스릴을 추구하는 욕망은 젊음과 닿는 구석이 있었다. 터널 안 시야처럼 한정적이고 눈앞의 출구만 보인다는 점이 그랬다. 욕망을 이루는 과정에 동반되는 위험과 결과에 대한 우려는 나이 든 사람들의 몫이었다. 이를테면 나 같은, 혹은 스무 살 아들을 둔 아내 같은.

아들 준이는 중고등학교 내내 내성적이라는 딱지를 떼지 못했다. 다행스럽게도 대학에 들어가 자기 자리를 찾은 듯했다. 얼굴을 보기 힘들 정도로 바빠진 아들의 일상이 아내와 나는 반가웠지만 기대한 것과 달리 귀가가 늦어진 이유는 여자 친구와의 데이트나 친구들과의 교류 때문이 아니었다. 준이는 대학에 입학한 첫 달, 빨간 행글라이더가 교정에 펼쳐져 있는 것을 발견했다. 근사하게 뻗은 날개와 자유롭게 날 수 있는 행위가 마음을 사로잡았을 거였다. 동아리에 가입한 준이는 수업을 빼먹을 정도로 행글라이딩에 빠져들었다. 이착륙을 연습하며 발목 인대가 늘어났고 처녀비행을 한 날은 팔꿈치가 찢겨 열두 바늘을 꿰맸다. 예민해진 아내와 신념을 꺾지 않으려는 준이와의 갈등은 끝이 없는 각개 전투 같았다. 나는 녀석의 옹골찬 성격에 내 어떤 기질이 기여라도 한 것은 아닌지 짚어 보곤 했다.

권을 처음 알게 된 것도 준이를 통해서였다. 매일 저녁 아들이 늘어놓는 행글라이딩 스토리 속 그는 넘고 싶지만 넘기 어려운 롤 모델 같았다. 거울 앞에 서서 권의 자세를 따라 하고 심지어 그가 선호하는 브랜드의 비행복을 무리해 장만하기도 했다. 말로만 듣던 권을 마주한 곳은 소백산 아래 자리한 장례식장에서였다. 준이의 화장이 진행되는 내내 권은 덥수룩한 머리를 조아리고 있었다. 나는 실신을 거듭하는 아내를 챙기고 절차를 진행하느라 그에 신경 쓸 여력이 없었다. 다만 봉안까지 자리를 지키는 모습에서 준이에 대한 마음을 짐작할 뿐이었다.

　찬 바람이 앞머리를 들추고 지나갔다. 시간은 시나브로 정오를 지나 오후로 접어들고 있었다. 산등성이 아래에서부터 조금씩 몰려오는 구름을 포착했다. 엉덩이를 툭툭 턴 권이 말했다. 시작해 봅시다. 나는 앉은 채 두 다리를 번갈아 스트레칭을 했다. 하네스의 무게가 상체에 고루 얹히는 순간 심장 박동이 높아졌다. 바람이 없어 뒤에서 밀어야겠다며 권이 말했고 나는 곧바로 컨트롤 바의 양 사이드에 어깨를 끼워 넣었다. 착륙할 때의 자세를 머릿속으로 되새기고 호흡을 조절했다.

　권의 목소리가 힘차게 들려왔다. 이륙! 급한 숨을 들이마신 나는 냅다 뛰기 시작했다. 시야가 흔들리는 중에도 킬 바를 잡은 권이 방향을 조절해 주는 게 느껴졌다. 급격하게 기운 지면이 눈앞에 다가오는 것을 인지하고 두 발을 굴렀다. 퍽, 퍼퍽. 바람이 양 날개를 치고 지나갔다. 무전기에서 고도 확인을 외치는 소리가 들렸으나 정신이 돌아오지 않았다. 뒤늦게 아래를 내려다보았지만 어느 정도의 높이인지 감을 잡을 수 없었다. GPS와 고도계의 바늘도 방황하고 있기는 마찬가지였다. 명치가 울렁거리면서 멀미가 일었다. 평소 훈련했던 마인드 컨트롤은 홀로 공중에 떠 있는 상황에서 아무 도움이 되지 않았다.

그때였다. 낙하하는 것처럼 풀썩 떨어지는 반동에 숨이 멎었다. 고개를 돌린 나는 행글라이더와의 연결 고리가 건재한지부터 확인했다. 다시 심호흡을 하고 최대한 베이스 바를[6] 밀어 상승을 유도해 보았다. 눈 아래 초록색 나무들이 까마득히 멀어져 갔다. 겨드랑이에 고여 있던 땀도 소매 안으로 든 바람에 흩어 사라졌다. 헬멧 쉴드를[7] 내린 나는 그제야 엉거주춤하게 나와 있던 다리를 하네스 안으로 넣었다. 하지만 비행을 만끽할 틈도 없이 고도가 떨어지기 시작했다. 높은 기압과 따뜻한 기온 탓이었다. 시선을 아래로 돌려 착륙하기에 맞을 만한 지점을 찾았다. 풀숲이 무리 진 작은 들판이 보였다. 베이스 바를 하체 쪽으로 끌어당겼다. 공기의 저항이 없어서인지 내려가는 속도가 급했다. 관자놀이에서 작은 알갱이가 파닥거리며 뛰놀았다.

나는 온몸으로 땅바닥을 쓸며 착륙했다. 정상에서 들려오는 고함이 아득하리만치 멀었다.

거실에 우두커니 서서, 어둠에 숨어 있던 광경이 드러나기를 기다렸다. 손에 닿는 전등 스위치를 누르자 적당한 황색 빛이 순식간에 집 내부를 밝혔다. 냉장고에서 얼려 놓은 찜질 팩을 꺼내어 오른쪽 팔꿈치에 받쳤다. 신음 같은 한숨이 냉기의 감촉과 더불어 새어 나왔다.

---

[6] 베이스 바(Base bar): 컨트롤 바의 아랫부분. 가로지르는 막대
[7] 헬멧 쉴드(Shield): 헬멧의 얼굴 부분을 보호하는 강도 높은 유리 막대

소파에 앉은 다음 신경 쓰이는 허리부터 이리저리 돌려보았다. 이착륙 연습 때와는 충격의 여파가 사뭇 달랐다. 왼쪽 손목이 따끔거렸고 허벅지 안쪽에 쓸린 상처가 쓰라렸다. 하루가 지나면 깊은 근육의 새로운 타박상이 출현하고 또 다른 통증이 시작될 거였다. 늘 탁자에 상주하고 있는 대용량 후시딘의 뚜껑을 열었다. 꼬투리를 눌러 보았지만 남은 내용물이 없었다. 약국에라도 다녀와야 할까. 두 다리가 거실 바닥에 눌어붙을 것만 같은데….

거실 한쪽에 작은 산을 이룬 종이 가방들로 고개를 돌렸다. 쌓인 물건 어딘가에 숨어 있을 약통이 어렴풋이 기억났다. 베이지색 바탕에 검은 영문자가 새겨진 가방을 집어 들고 입구를 막은 테이프를 뜯었다. 먼지투성이 구급 약통이 청록색 후드티와 파란 칫솔 사이에 껴 있었다. 유통 기간이 사 년이나 지난 연고의 허리를 누르자 노릿한 덩어리가 흙투성이인 손바닥에 떨어졌다. 면티를 벗고 약을 덜어 긁힌 어깨에 발랐다. 설핏 굳기 시작한 딱지에서 발간 핏물이 배어 나와 체온에 녹은 약을 물들였다.

나는 미처 예상하지 못하고 마주한 청록색 후드티를 무릎 위에 펼쳐 보았다. 소매를 잡아 얼굴에 대고 남아 있을지도 모를 체취를 탐색했다. 낯익은 곰팡이 냄새만 가득했다. 작년, 재작년이었나…. 그때도 지독한 곰팡이 냄새 때문에 유품을 그대로 둘지 고민했던 기억이 있다. 막상 청록색 후드티는 기억에 없었다. 목둘레가 늘어난 것만 봐도 준이가 즐겨 입었던 옷 같은데…. 나는 왜 그 아이의 일상을 벌써 잊어버렸나. 겨우, 칠 년 지났을 뿐인데. 준, 아…. 생소한 단어라도 뱉은 듯 부자연스러웠다.

  점심을 먹고 회사로 돌아가던 길, 수시로 접하는 휴대폰 벨 소리에서 낯선 공포를 느꼈다. 아들의 사고 소식을 접한 그때 나는 비명을 질렀던가, 얕은 숨소리를 삼켰던가. 입대하기 전 대학생 행글라이딩 대회에서 꼭 입상하고 싶다던 준이. 군에 들어가면 저것도 끝이니 마지막으로 봐주는 거라며 쏘아붙이던 아내. 준이의 사고가 지나간 후, 아내는 기약 없이 이불 속으로 숨어들었다. 방을 나설 때마다 발견하는 아들의 흔적을 감당하지 못했다. 그러면서도 아내는 준이의 유품을 정리하지 못하게 했다. 눈에 보이는 몇 가지를 버렸다가 소리 지르는 아내 때문에 되찾아 온 일도 있었다. 사람들은 이사를 권유했다. 과거를 알지 못하는 사람들 사이에 섞여 아무 일도 없었던 것처럼 지내기를 바랐다. 하지만 청춘은 어느 거리에서든 넘쳐 났고 그들에게서 연상되는 아들의 그림자에 우리 부부는 다시 내려앉았다. 반년 만에 자리에서 일어난 아내는 온종일 집안일을 했고 그러고도 시간이 남으면 분양받은 주말농장에 가 땅을 뒤엎거나 토마토 같은 것에 물을 주었다. 수확한 농작물을 가져와 자정이 넘어가도록 반찬을 만든 다음 빈틈없이 냉장고를 채웠다. 소비되지 않은 저장 반찬이 상해 냄새가 나면 미련 없이 버렸다.

  그러던 아내가 호주에 있는 처형 집에 다녀오겠다고 했다. 약속한 한 달이 다가오자 돌아오는 대신 호주 전역을 여행하겠다고 알려 왔다. 브리즈번에서 겪은 에피소드나 퍼스에서 찍은 사진들이 메일로 날아들었다. 아내는 가끔 내가 잠든 걸 아랑곳하지 않고 새벽께 전화했는데 농장에서 먹은 파인애플의 풍부한 단맛과 끝이 보이지 않는 벌판의 광활함을 이야기하기 위해서였다. 그러다 로드킬 당한 야생 캥거루를 발견한 대목에서 말을 멈추면, 나도 입을 닫고 아내의 울음이 멈추기를 잠자코 기다리곤 했다.

어깨와 종아리가 다시 욱신거렸다. 이번 부상은 꽤 오래갈 것 같지만 크게 걱정되진 않았다. 오늘 나는 처녀비행을 했다 첫 훈련을 시작한 지 팔 개월 만이었다. 하늘에 떠 있는 잠깐의 시간 동안 나는 조정에 집중하는 것 말고 다른 생각은 하지 않았다. 극도의 긴장 상태였지만 오랜만의 휴식이기도 했다.

다만 오늘은 체공 시간이 짧아 배운 사항들을 충분히 경험하기 힘들었다. 만약 거센 바람이 옆에서 휙, 들었다면 어떡해야 좋았을까. 한쪽 팔을 위로 들어 휘청거려 보았다. 잠시 궁리하다 팔을 내리는 대신 몸을 약간 회전하며 비틀었다. 빗겨 나간 바람을 오른팔 위에 실으며 크게 팔자를 그렸다. 순환하듯 조금씩 아랫바람이 나뉘는 것을 느낄 수 있었다. 들어오는 바람을 날개에 실으며 균형을 찾아가는 게 관건이었다.

조종사들의 지적이 아니더라도 내 체력으로 연습을 따라가기에 무리라는 건 금세 깨달을 수 있었다. 스탠딩과 이착륙 훈련 때, 잠깐이라도 방심하면 바람을 받은 행글라이더가 뒤집혀 애를 먹었다. 나름대로 요령을 만들어 갔다. 몸무게를 늘리기 위해 하루 네 번씩 식사했고 근육을 강화하려 웨이트 트레이닝을 지속했다.

파란색 오픈형 행글라이더에는 낯선 자국들이 많았다. 잔금이 무수했고, 벗겨진 칠은 너저분했다. 양 날개의 각도가 미세하게 틀어진 것도 발견했는데 비행에 크게 지장을 줄 만큼은 아니었지만 결정적인 순간에는 신경을 써야 하는 부분이었다. 그 차이를 맞추지 못하면 행글라이더는 여지없이 휘청거렸다. 그런 위기가 올 때마다 나는 행글라이더를 지지하고 있는 크로스 바를[8] 본능적으로 잡았는데, 몇 번 그러다 보니 그 부분이 완만하게 휘어져 있는 것을, 이전부터 사람의 손을 타 온 자리였다는 걸 알게 되었다. 나는 파란 행글라이더와 함께 부딪치고 넘어지며 누군가 조금씩 아귀를 맞추어 놓은 집에 든 것처럼 평온한 기분을 느꼈다.

"상승 기류는 왜 타려고 하시는 겁니까?"

나는 또다시 정상 비행에 성공했고 너끈히 두 다리로 착지한 참이었다. 예상치 못한 권의 질문에 잠깐 당황했지만 한 번은 각오했던 일이라는 생각도 들었다. 나는 평소와 다르지 않은 목소리이길 바라며 대답했다.

"준이가 타고 싶어 했던 거라서요."

로프를 감던 권의 손이 멈추었다 다시 움직였다. 우리는 한동안

---

[8] 크로스 바(Cross bar): 행글라이더의 양 날개를 가로지르는 막대 (출처: 세계만물 그림사전, 궁리출판)

말없이 서서 각자 손에 닿는 바들을 해체했다. 속절없이 시간이 흐르자 이대로 지나갈 수 없다는 생각이 불쑥 들었다.

"준이가 그러더군요. 교관님이 약속했다고. 꼭 상승기류를 타게 해 주겠다 하셨다고."

가는 비닐 끈을 꺼내 든 그가 로프의 허리를 둘둘 맸다.

"단지 그 이유뿐입니까?"

어리둥절해졌다. 단지 그 이유? 준이가 경험하고 싶어 한 걸 알고 싶은 이유 말고 무엇이 있다는 거지? 권은 내가 마치 다른 꿍꿍이라도 있는 것처럼 말을 하고 있었다. 나는 가슴 깊은 곳에서부터 언짢은 낌새가 오르는 걸 감지했다. 그럼, 다 알고 있으니 괜찮은 척 말고 하고 싶은 말을 뱉어 보라는 건가. 분별없는 사람들이 금쪽같은 내 아들을 위험에 빠뜨렸다고, 죽였다고, 탓이라도 하라는 말인가. 나는 호흡이 가빠졌고, 목덜미까지 열이 올랐으며, 결국 빈정대는 말을 뱉고 말았다.

"사람들은 왜 어리석은 짓을 포기하지 않을까요."

이름 모를 새소리가 활공장을 울렸다. 파랗고 하얀 행글라이더가 사방에서 날아올랐다. 파일럿이 지상에서 발을 떼는 순간, 한낱 도구에 불과했던 행글라이더는 새 생명을 얻는다. 공중에 떠오른 이는 거대한 새에 의지한 탑승객이다.

권이 하늘을 바라보며 되물었다.

"왜, 준이가 하필, 위험한 행글라이더란 걸 탔어야 했냐는 말씀이시죠?"

화장장에 모인 사람들 중 검게 탄 얼굴의 파일럿들은 한눈에 알아볼 수 있었다. 그들의 대화 간간이 준이의 이륙하기 전 행적과 낯선 비행 용어들이 두서없이 섞여 들려왔다. 누군가 조심스러운 목소리로 말을 했다. 아직 소백산 타기에는 일렀는데…. 옆에 선 사람이 나무라는 투로 제지했다. 그런 말, 좀. 그냥 운이 나빴던 거지. 나는 화장장 출입구 벽에 기대 서 있었고 그들에게 입을 다물라는 말을 할 여력조차 없었다. 다음 순간, 그들 뒤편에 자리해 있던 한 조종사가 다시 말을 꺼냈다. 그 앤 무사히 착륙하는 것에 관심 없었어. 고도를 갱신하거나 비행하는 순간만 기대했지. 안전 착륙 연습도 매번 빠졌잖아.

그때는 알지 못했다. 답이 없는 의문에 오랜 시간 매달릴 거란 걸. 덮었다 꺼내고 헤쳐 보다 다시 덮는 시간이 반복될 거란 걸.

나는 칠 년 동안 묻지 못했던 질문을 마침내 권에게 던졌다.

"준이 사고를 직접 목격하셨나요?"

장비 정리는 마무리 중이었지만 권은 계속해서 손을 놀렸다. 대답 없는 그에게 다음은 무엇을 물어야 할지 알 수 없어 나는 마냥 기다렸다.

"상승 기류는."

그 말을 하며 권이 내 얼굴을 힐끗 보았다.

"상승 기류는 장거리를 가거나 체공 시간을 늘이기 위해 고도를 높이는 방법입니다. 열기를 타고 돌면서 위로 오르는 거죠. 그 중심부의 작은 원을 코어라고 하는데 그곳에 들게 되면 글라이더의 원심력이 작아지고 회전이 느려집니다. 아주 강력한 상승 기류의 코어에 들면 앞머리가 수직으로 들리고 기체가 저절로 위로 솟구친다고 합니다만 그걸 경험해 본 사람은 많지 않습니다. 주변부 코어는 떠오르는 기분이 듭니다. 원 바깥쪽의 회전보다 느린 것처럼 느껴지지만 실은 힘들이지 않고 오르는 방법이죠."

이론이라면 나도 이미 달달 외울 정도로 알고 있었다.

"준이는… 아주 괜찮은 상승 기류를 찾아내었습니다. 협곡 사이였는데 조금 작긴 해도 꽤 회전력이 강한 기류였죠. 앞머리를 들자마자 빠르게 돌면서 오르는데 무전기에서 들리던 환호성이 아직도 생생합니다."

웃으면 한쪽 보조개만 파이는 준이의 얼굴이 아른거렸다.

"사실, 예리한 기류일수록 불안정할 수밖에 없습니다."

터져 나온 권의 기침.

"갑자기 당황해하더군요. 코어에 들면 앞머리가 절로 들려야 하는데 아래로 향한다는 겁니다. 망원경으로 준이를 찾아내었을 때는 이미 스핀이[9] 걸려 있었습니다…. 추락하고 있었던 거지요."

손아귀가 떨리는 것을 느낀 나는 옆에 있던 소나무 가지를 잡았다. 손등에 불거진 핏줄이 타인의 것인 양 낯설었다.

---

9) 스핀(Spin): 나선형 강하 (출처: 항공우주공학용어사전, 새녘출판사)

"무전기로 계속 준이를 불렀는데…. 대답이 없었습니다. 방향 감각도 상실했을 테고, 정신을 잃었을 가능성이 큽니다. 상승하려고 본능적으로 베이스 바를 밀었을 텐데 스핀이 걸렸을 때 그런 조정은 상승 기류와 반대라서 속도를 높입니다."

말을 멈춘 권의 시선이 흐트러진 건 그때였다.

"그리고, 기억이 안 납니다."

"예?"

"마지막 교신 때요. 그때 준이를 불렀고 뭐라고 말은 했는데 무슨 말을 했는지 기억이, 안 납니다."

떠난 사람은 알지 못하겠지. 남아 있는 자들에게 지워 놓은 자신의 무게. 영문도 모르는 짐을 내려놓지 못하고 시간을 견디는 사람들을.

"그때, 준이에게 제가 말했을까요? 잡으라고, 비상 낙하산 줄이요. 뭐라고 분명 말했는데, 왜 기억이….."

권이 한 손을 들어 제 얼굴을 비볐다. 그의 뭉툭한 손마디에는 미처 아물지 못한 상처가 가로세로로 나 있었다. 한 세상을 지나온 노인의 손처럼 마르고 생기가 없었다. 나무에 기댄 내 손에도 어느새 생채기들이 굳건하게 자리를 잡았.

겨우 일 년 남짓한 경력의 나도 알고 있는 비상 낙하산을 준이가 모를 리 없었다. 낙하산 줄을 당겼다 해도 스핀이 걸려 추락하고 있는 상태에서 펴졌을지 장담할 수 없었다. 펴졌더라도 강력한 원심력 탓에 휘감겼을 가능성이 높았다.

나는 천천히 걸어 해체가 끝난 바들 쪽으로 다가갔다. 허리를 굽혀 부품을 모으고 매듭을 지었다. 방수포로 싼 기체의 한쪽을 들고 SUV 지붕 위에 얹자 권이 반대쪽을 들어 싣는 과정을 도왔다. 우리는 로프를 번갈아 당기며 단단히 행글라이더를 고정했다.

"집사람이 둘째를 임신했어요."

권이 담담한 말투로 침묵을 깼다.

"아무래도 내년엔 안정된 직장을 알아봐야 할 것 같습니다."

행글라이딩을 포기하는 게 아쉽지 않겠냐고 물었다. 그는 고개를 내저었다.

"많이 탔으니까요. 나이도 들었고."

옆 산등성이에서 박수와 함성이 들려왔다. 하얀 오픈형 행글라이더가 이륙을 시도하고 있었다. 우리는 나란히 서서 날아가는 하얀 날개를 눈으로 좇았다.

나는 점점 더 높이, 능숙하게 행글라이딩했다. 가끔 공중에 떠서 청량한 하늘을 보고 있다가 이제 그만 내려오라는 권의 웃음 섞인 무전을 듣고 움직인 적도 있었다. 그는 새로운 직장이 정해졌다고 알려 왔다. 우리는 연말이 되기 전 마지막 비행을 결정하고 신중하게 장소를 물색했다. 절벽이 많아 정상 이륙이 쉽고 골이 깊은 지형의 두산 활공장을 골랐다.

산 아래에 도착하자, 크고 작은 돌개바람이 기온 차를 증명하듯 불었다. 중턱에 낀 박무로 보아 습도도 적당한 것 같았다. 권과 나는 작은 부분까지 여러 차례 점검했다. 내가 엄지를 치켜들어 자신감을 표명하면 그도 답을 하듯 엄지를 내밀었다.

정상의 가파른 절벽 덕에 추진력이 필요치 않은 이륙이라 편했다. 가뿐하게 뛰어내렸고 배풍의 도움을 받은 행글라이더가 미끄러지듯 나섰다. 흐르는 공기에 땀에 젖은 머리카락이 서늘해졌다. 무전기에서 신호음이 들렸다. 고도 확인! 나도 힘찬 목소리로 답했다. 오백 미터 진입! 왼편에서 바람이 드는 걸 알아채고 산줄기가 이어지는 쪽으로 방향을 틀었다. 승용차 몇 대가 서 있는 활공장 주차장이 기체와 반대 방향으로 밀려나 사라졌다. 이륙장 앞에는 뾰족한 산봉우리들이 겹쳐 솟아 있었는데, 그사이 움푹하게 패인 골짜기 위로 만들어지다 만 것 같은 구름이 눈에 띄었다. 아래를 살피니 바위들이 군집해 있어 상승 기류가 형성되고 있는 게 틀림없어 보였다. 나는 선택한 장소 쪽으로 천천히 움직였다. 오른쪽 날개가 파르르 용틀임을 시작했다.

하지만, 막상 구름이 눈앞에 가까워지자 나는 한쪽 다리를 엉거주춤하게 구부린 채 망설였다. 내가 충분히 준비된 상태인지 확신할 수 없었다. 아들이 누리고 싶어 했던, 그러나 아들을 잃게 만든 그걸 나는 어째서 경험하려는가. 그런데 다음 순간, 강풍 속에서 기체를 들고 온전히 버텨 냈던 시간이 기억났다. 덤불 속에 처박히는 순간에도 조금 더 고도를 욕심내지 않았던 걸 후회했다. 그때 나는 오롯이 하늘을 날고 싶은 욕망에 사로잡혀 있었다. 비행을 향한 순수한 내 염원이 지난한 여정을 밀어 올린 거였다.

기억을 더듬는 사이, 행글라이더는 바위 무리의 상공에 도착해 있었다. 고개를 빼 올려다보니 분명한 적란운이었다. 때마침 권의 목소리가 무전기에서 튀어나왔다. 치칙, 상승! 나는 양 날개의 반응을 받아들이며 중심을 뒤쪽으로 뺐다. 저만치 앞에 잿빛 새 한 마리가 소스라쳐 날았다. 질 수 없다는 듯 행글라이더를 다그쳤다. 온풍이 느껴지고 눅눅한 습기가 헬멧 쉴드를 흐려 놓았다. 행글라이더가 스스로 방향을 잡는 듯하더니 한쪽으로 회전하기 시작했다. 점차 속도가 붙었고 나는 좀 더 중심으로 향하도록 안쪽 사이드 바를[10] 당겼다. 선회가 훨씬 더 부드러워졌다.

갑자기, 지금까지와는 다른 열기가 헬멧 안으로 새어 들어왔다. 귀가 먹먹해지고 소리가 사라졌다. 잿빛 새도 옅은 안개도 보이지 않았다. 점프라도 한 것처럼 하네스가 둥실 떠올랐다. 호리병 모양의 상승 기류 속, 코어 안에 든 거였다. 고도계의 바늘은 이천 미터를 넘어서고 있었다. 나는 한 손을 베이스 바에서 떼고 입으로 물어뜯듯 장갑을 벗었다. 땀으로 촉촉한 손바닥을 펴서 공중을 휘저었다. 대기는 욕조 속 온수처럼 아늑했다. 기수가 점점 안쪽으로 틀렸다. 치지직, 들립니까. 권의 목소리는 어젯밤 꿈인 것처럼 몽롱했다.

---

10) 사이드 바(Side bar): 컨트롤 바의 양 옆에 직립한 막대

"코어에 들었습니다!"

흥분에 찬 내 목소리가 한 옥타브만큼 높아졌다. 축하합니다. 무전기에서 흘러나온 그의 목소리가 웃고 있었다. 그때, 기수가 조금 더 돌았고 나는 불안해지기 시작했다.

"기수가 자꾸 안쪽으로 향합니다. 어떡하죠?"

권의 대답을 기다린 시간은 잠깐이었을 것이다. 아주 잠깐이었을 것이다.

"그대로 내버려 두면 완전히 중심부에 들게 될 겁니다. 벗어나고 싶다면 바깥으로 힘을 실어 기수의 방향을 조절하세요. 항상 수평을 유지해야 합니다, 이상."

상승 기류의 중심이야말로 스피드의 정점이 될 거라고 준이는 말했었다. 파일럿들이 꿈꾸는 최고의 경험, 수직으로 치솟는 행글라이딩은 어떤 기분이 들까….

하지만 나는 곧 고개를 저었다. 코어의 중심은 내게 아찔한 공포 그 이상도 이하의 의미도 아니었다. 나는 그저 기분 좋은 상승 기류만으로 충분했다. 결심이 서자 망설이지 않고 바깥쪽으로 몸을 밀었다. 시간이 걸리긴 했지만 기수의 방향이 서서히 움직였다. 마음에 드는 속도로 선회하는 지점에 이르자 나는 베이스 바 가운데로 무게 중심을 옮겼다. 그러곤 온 힘을 뺀 채, 행글라이더와의 랑데부를, 몸과 마음이 일치되는 체험을 만끽했다. 나는 능숙한 라이더이므로 베이스 바를 양쪽으로 번갈아 움직이며 수평을 유지했다. 이제 밖으로 기수를 돌려 빠져나오면 되리라.

그런데, 내 의도와 상관없이 행글라이더가 급작스레 고개를 꺾었다. 예상치 못한 상황에 어깨가 굳고 이마엔 땀이 배어났다. 엉겁결에 베이스 바를 밀었던 건지 기억을 더듬었다. 원인을 모르니 어떻게 대응해야 할지 판단하기 힘들었다. 무전기는 치직대는 소음만 계속되고 있었다. 그때였다. 기체가 뱅그르르 한 바퀴를 돌더니 막 우리를 벗어난 독수리처럼 통제를 거부했다. 상체와 하체가 따로 움직였고 헬멧을 쓴 머리는 통째로 킬 바에 올라붙는 듯했다. 정신을, 이성을 찾아야 했다. 빠른 숨을 반복하며 먼저 취해야 할 방법을 생각해 보았다. 소파에 앉아 양팔로 연습했던 경험이 기억났다. 바람에 대응하지 말고, 조금씩 날개 위로 얹듯 기류를 태워 균형 잡기.

머리 위로 밀어 올렸던 베이스 바를 채듯 당겼다. 기체가 움찔거리는 것을 느끼자마자 다시 밀었다. 좌우와 앞뒤로 움직이며 세심하게 바람의 리듬에 맞췄다. 얼마나 실랑이를 벌였을까. 점차 앞머리가 들리는 게 느껴졌다. 수평에 가까워진 기수를 확인하고 즉시 바깥쪽 사이드 바에 매달렸다. 최대한의 힘을 가하기 위해 이를 악물고 직립에 가까운 자세를 유지했다. 비릿한 피 맛이 혀끝에 돌았다.

아무 일도 없었다는 듯 행글라이더가 방향을 틀더니 앞을 향해 달렸다. 나는 재빨리 엎드린 자세로 돌아가 고도를 낮췄다. 참나무 잎이 확연하게 보이자 플래어를[11] 시도했다. 코를 든 기체가 양력

---

11) 플래어(Flare): 기체가 땅에 닿는 순간. 행글라이딩에서 조종사가 비행을 멈춰 유도하는 착지를 뜻한다. (출처: 항공우주공학용어사전, 새녘출판사)

을 받아들이며 나비처럼 가라앉았다. 나는 몇 걸음 뛰어 풀밭에 착륙했다. 두 다리에는 서 있을 만한 힘조차 남아 있지 않았다.

은색 비너를 분리하고 하네스를 벗어 던졌다. 숨을 크게 쉬어 폐부 깊이 산바람을 맞아 들였다.

후들거리는 다리로 걸으며, 돌아가는 길에 재활용 봉투와 맥주를 사야겠다고 생각했다. 오랫동안 마무리 짓지 못한 물건들을 보내고, 잠에 들기 전 호주 어딘가를 돌아다니고 있을 아내에게 전화해야겠다고 다짐했다. 통화하며, 그동안 비행을 했었노라 고백하리라. 힘들었지만, 오늘 비로소 끝이 났다고. 우리도 이제 집으로 돌아갈 때가 되었다고 말할 터였다.

작가의 말

습작 때 썼던 단편들을 모아 소설집을 낸다. 꽤 오래전 썼던 초고들이라 시대 상황이며 단어의 느낌이 맞지 않아 새로 쓰다시피 고쳤다. 서너 달 동안 퇴고하며 몇 년간 글을 쓰지 못하게 한 두려움이 가벼워졌다는 걸 느꼈다. 당선을 가져다준 소설, 〈손〉을 더 이상 기준에 두지 않게 되었다.

7편의 소설 중, 초고와 대폭 달라진 단편도 있다. 〈야자 가로수 이야기〉와 〈상승 기류 속으로〉가 그렇다. 내용 자체가 버거워 한 문장 쓰기에도 숨을 몰아쉬었던 〈사랑스러운〉은 내가 좀 더 주인공 나이에 가까워진 덕분인지 천천히 몰입하며 고칠 수 있었다. 〈파수(把守)〉와 〈터치맨〉을 쓸 땐, 젊은 육체와 늙은 마음을 껴안고 사는 세대를 생각했다. 〈기침〉은 가장 수월하게 쓸 줄 알았는데 의외로 출구가 보이지 않아 소설 속 그들 못지않게 답답했다.

그렇게 출간을 진행 중이던 8월 말, 묘한 해프닝을 겪었다.
1차 교정본을 수정하여 보내고 미뤄 왔던 건강 검진을 받았다. 한 달 넘게 계속된 오른쪽 흉통이 내내 신경이 쓰여서였다. 오른쪽 폐에 결절이 보인다는 통보를 받았고, CT 검사와 세 곳의 3차 병원을 예약했다. 암 환자 커뮤니티에도 가입해 정보를 취합했다.

죽음의 경계에 서 있는 사람들 사이에서 나는 그 어느 때보다 심한 패닉을 경험했다. 한 번에 삶의 순위가 뒤바뀌었고 시간의 흐름이 달라 보였다. 열흘의 지옥이 지나간 후, '우연이 몰려 일어났을 뿐, 아무것도 아니었음'이란 결과에 허탈함을 느낄 정도였다.

  한동안 어떻게 이런 비현실적인 일이 벌어질 수 있는지 의아했다. 2차 교정본을 받고 나서 원고를 다시 훑어보는데 기시감이 올라왔다. 내 소설의 대부분은 죽음을 둘러싼 내용들이다. 직간접적으로 죽음을 대면한 사람들의 이야기다. 나는 그때, 내가 죽음이란 소재를 도구화했다는 걸 어렴풋이 깨달았다. 내 소설 속 인물들은 죽음이란 주인공을 돋보이게 애쓰고 있는 스태프 같았다.

  그렇다고 해서, 드라마틱한 소설의 변신이 일어나지는 않았다. 생각 없이 넘겨짚어 쓴 단어들과 겉치레로 표현한 문장 정도만 고쳤을 뿐. 하지만 한 번이라도 더, 내가 생각 없이 쓰고 있지는 않은지, 소설 속 인물들을 단지 활자로 보고 있지는 않은지 돌아보게 만든 것만으로 감사하다. 앞으로 소설을 쓰는 동안, 어리석은 내가 흐트러질 때마다 분개한 소설 속 인물들이 기꺼이 달려와 뒤통수를 때려 주길 바란다. 아프지 말고, 오래오래 함께….